丸戸史明＝著
深崎暮人＝插畫
不起眼女主角培育法
2
Z
Z
Z

「嗯，表情很棒喔，加藤同學。」
澤村·史賓瑟·英梨梨
Eriri Spencer Sawamura
「……抱歉。那件事的結論，再讓我緩一段時間。」
安藝倫也
Tomoya Aki

「哎呀～～果然睡著了呢。」

「喂～倫理同學。
都已經天亮囉。
說什麼『要徹夜守著我』。
自己反而先天真無邪地
睡得像孩子一樣，還真敢說呢。
你真的就是這麼笨。
一年前、半年前，還有昨晚都一樣。
你一直……一直……都這麼笨……
欸，真的差不多該起床囉。再不起來，
說不定……會發生不得了的事喔！」

※畫面為研發中圖片，會有不經預告而變更內容的情形。

不起眼女主角培育法 2

丸戸史明

插畫／深崎暮人

Kadokawa Fantastic Novels

封面／彩頁／內文插圖：深崎暮人

Content

序章

六月中旬，放學後照進視聽教室的夕陽比初春高得許多……

「你說什麼傻話啊，倫也！月底前要我交人設根本辦不到，絕對辦不到！」

……儘管如此，這陣無視於季節轉變的尖銳叫罵聲，幾乎已成為形式之美。

「草……草圖也可以！」

「別說草圖，只畫火柴人我也交不出來。因為下週末活動要發的新刊，我一頁都還沒畫。」

「把那種不體面的話說得那麼抬頭挺胸，我想罩杯也不會變大就是了。妳覺得呢？」

「啊，我的動力更加下滑了。你是不是要讓東西永遠完成不了的結局豎旗？」

即使她企圖在人前用誇大的動作表現威迫感，但發育得嬌小的許多部位依然是一層障礙，使她看來只像毛毛躁躁地動來動去靜不住而已。

不過，去掉那些缺點不講，只要沒有處於像我這樣難堪的狀況，在輕盈擺動間讓夕陽反射得閃閃發光的那頭金色秀髮，應該還是美得讓人眼睛一亮吧。

這就是她，只有表面偽裝得完美無缺的校園偶像。

披著畫家外皮的情色同人作家。

暴虐的金髮雙馬尾。

封印於歷史黑暗處的青梅竹馬屬性。

澤村・史賓瑟・英梨梨。

「沒辦法了，作出這項決定我也很苦悶，就延到七月中吧。」

「叫我在夏Comi新刊進入佳境的時期交稿，你的腦袋是用來種花的嗎？」

「妳……有沒有把期末考放在眼裡？」

「……夏Comi結束後立刻就是ComicTreasure的場次嘛。雖然說只出折疊本，但我還是預定要畫新刊。」

「為什麼要把眼睛別開？」

「而且十月有Sunshine Creation，那場活動結束之後就要準備冬Comi啦。照這樣預估，今年一整年都排得滿滿的了，實在抽不出空。」

「那跟妳去年的行程完全一樣不是嗎！」

「不必擔心！明年肯定還是一樣！」

「妳不要說得像在應付優先度低的委託好不好！嘴裡都說：『以後有機會一定合作～～』心裡卻根本沒意願！」

她那目中無人的態度今天依然健在，換成動漫畫也許能當萌點，但是在現實生活中碰到可就再氣人不過。

就在此時……

「真是的，說那些也無濟於事吧，澤村？」

「唔……」

「詩……詩羽學姊！」

這裡有位沉著冷靜的大和撫子，語氣平穩且肆無忌憚地對英國女王英梨梨莎白（我在小學時取的十七個綽號之一）表示意見了。

「嗯，雖然我也完全無法接受將劇情大綱的截稿日設在這個月月底。」

「學……學姊〜〜」

呃，大和撫子只是形容那一襲烏亮的秀髮。至於她用迥異於清純外表的無情態度，毫無慈悲地將我推落絕望深淵的行為，同樣屬於形式之美。

這就是她，連累人（主要是我）一起自爆的文組恐怖分子。

披著孤高才女外皮的愛情喜劇輕小說作家。

毒舌的黑長髮。

千錯萬錯的前女友屬性。

霞之丘詩羽。

被譽為「私立豐之崎學園雙女神」的兩人像這樣並列眼前，種種對比揭露在光天化日下，不得不令人感嘆：同樣是美，在類型上居然能有這麼大的差異。

一邊是緊縮到極限而毫無累贅的俐落輪廓。

一邊是肉感十足呼之欲出的豐滿曲線。

……唉，即使那樣稱讚她們，也難保不會自掘墳墓地換來質疑：「你叫誰平胸？」「剛才你說我肥？」而且這墳墓一挖就是兩座，所以我不會說出口。

「其實目前我剛好要為新作執筆。畢竟是新系列的開頭，不全力以赴可不行。」

「那太棒了！……唔，雖然對我們的企畫是件憾事，可是我會期待新作的！」

「謝謝……讀了要再告訴我感想喔。」

「當然！」

不過，這個人只要羞澀地露出微笑，明明就是個讓人驚豔的天使……

「還有，七月我要為雜誌寫短篇。基本上，刊頭頁的專欄也交給我了。」

「真的假的？那也很讓人期待耶！」

「然後呢，因為是新系列作，剛開始自然要接連不斷地出書才可以。所以八月就得為第二集起草大綱……」

「居……居然這麼快就能讀到續集，真幸運……」

「這樣一來，九月寫第二集、十月又要為雜誌寫短篇……而且一開始就敲定會改編成漫畫，從過年後開始連載，所以年底得緊鑼密鼓地討論。」

「結果所有人都忙得一點空隙也沒有嘛！這個社團要怎麼製作遊戲啊？」

可是，她卻不會一直當個天使，應該說她是個懂得怎樣將人自然地「高高舉起、重重摔下」的棘手惡魔……

就這樣，前些日子才立誓：「來做一款傳說的美少女遊戲的傳說……不對，來做一款成為傳說的美少女遊戲吧！」而攜手合作的四個人面前，忽然變得烏雲密布。

「你有一大堆空閒吧。自己慢慢下工夫去做怎樣？」

「畢竟是同人作品。哪怕沒有完成、哪怕花費好幾年、哪怕解答率百分之一，能負起殺害我的責任不就贏了嗎？」

「兩……兩位，之前已經約定好了吧？妳們要協助我製作遊戲啊！」

為了保險起見，我再強調一次，攜手合作的是四個人。不是三個而是四個。

所有成員聚集在這裡，不缺任何一個，四個人都在。

「我確實說過會參加，可是並沒有連檔期都約好吧？倫也，你最好記清楚那一點。」

「這表示只要我們想拖，遊戲要在十年或二十年以後才完成……應該也可以。」

「為什麼就只有套招要我時這麼合拍啊？妳們是平常感情不好的諧星搭檔嗎！」

簡單易懂的社團解散法則　其一

「成員的行程完全兜不攏」

糟糕，這樣下去我們的榮耀之路就會忽然冒出汗點了……

在夏Comi發表製作消息，冬Comi衝擊性出道，然後爆紅熱銷。

到明年夏天就升格為牆際社團，冬天進軍商業領域，進一步大賣。

如此一來，各大公司就無法視若無睹，改編成輕小說、漫畫、廣播劇ＣＤ、模型等多項媒體，將會齊花怒放。

接著就是蓄勢而發推出動畫……沒錯，動畫很重要。

改編成功的動畫能與原作相輔相成，變成夠吃一輩子的本；不過要是改編失敗，原作就等著和動畫一起沒落。

所以為了打贏這場仗，就要花下時間、花下金錢，不過出意見就只到找齊班底為止。

一旦人才聚集，剩下的就是信任其能力，並將工作交給他們而已。

原作人員要是對改編內容出太多意見，大多不會有好結果……

「欸，倫理同學。」

「……我叫倫也。」

這時候，將腦裡滿是夢想的我拉回現實的，一如往常是詩羽學姊那種沒禮貌的稱呼。

此外，她用這種渾號叫我的原因，之後我也不打算提。

「況且，與其討論行程，有個部分是不是更應該先檢討？」

「咦，什麼部分？」

「嗯，雖然這與任何事情都會牽扯上，就是錢囉。」

「……要錢的話，我已經賺了夠花一輩子的份啦。」

「……你的腦袋現在神遊到哪裡了？」

糟糕，我好像又變得有點回不到現實了。

在腦裡，我已經將衍生作品交給後進，自己不用工作就能輕鬆賺到錢，並且進入在老後過著幸福生活的想像了。

「唔……這個嘛，我的活存帳戶裡還留著不少上個月打工的薪水。」

「看來你還沒有認真思考過對不對？我說的不是活動參加費那種規模的事喔。」

「……所以學姊是指？」

「比方說，遊戲已經完成了。嗯，雖然我想到那一步為止也會花下相當可觀的費用，但這先

暫且不提，既然要賣就得將成品製作出來才行。」

「嗯，是沒錯……」

「DVD的壓片費用、製作包裝和說明手冊、印刷費……要付的錢將是幾十萬到一百萬不等喔。」

「一……一百萬？」

「哎，如果能誤打誤撞地熱銷回本，自然是可喜可賀……不過在那之前要投資的成本可不能小覷喔。」

「一……一百萬……」

簡單易懂的社團解散法則　其二

「資金見底，或者從最初就沒錢」

「少蠢了，這白痴怎麼可能認知到那種現實的問題。」

「妳說啥？」

於是，在厚黑嚴苛的針砭之後，又有金色的幼稚舌劍戳向我。

英梨梨推開詩羽學姊來到我面前，並再度挺胸展露威迫感。

……早說過了，妳越強調越會將自己和詩羽學姊的殘酷落差，刻入我的腦海裡。真是學不乖的傢伙。

「基本上像倫也這種天生的消費型阿宅，不可能具備從零創作的企畫力、分析力以及持續力啦。這傢伙腦袋裡裝的只有『我想出的最強美少女遊戲熱銷後變成ＴＶ動畫、劇場版動畫、最後改編真人版電影』這種作不完的夢而已。」

「說什麼傻話！我也已經規劃好十幾年後再推出完全重製的劇場版動畫風靡一世了！」

「那反而更糟糕吧！」

簡單易懂的社團解散法則　其三

「領導者看不清現實」

「哎，要實現那種夢想，首先還是得備妥第一桶金吧？」

「學……學姊……」

接著，在英梨梨幼稚的激將法以後，又是由厚黑的細語接口。

詩羽學姊一下子闖到英梨梨前面，將臉貼近得幾乎能吹氣到我耳邊。

英梨梨在後頭正要大發不滿，卻被學姊的肉感徹底壓過，瞬間從我眼裡消失了。

「所以，你有什麼打算？要找民間借貸？還是賣腎臟？」

「好黑！太黑了啦，學姊！」

接著，在我幼稚的起哄以後，又是由厚黑的細語接口。

「……要不然，我也可以借你喔。」

「咦，可是……」

「你不用客氣喔，我又不是出不起。」

這……這麼說來……

這個人是高中生，同時也身兼出道作全五集銷量累計五十萬本的人氣輕小說作家。

呃，換句話說，累計五十萬本的版稅是……比方說一本售價六百圓，作者抽成□%，那就是

五十萬×六百的□%……

…………？

「真的嗎？」

「哎，當然不能不收利息就是了。」

學姊刻意不吐槽我要慢不慢的反應，一如往常地繞到了我右邊。

「可……可是，要錢我也沒得還……」

「我並沒有叫你用錢還喔，畢竟報恩的方式可多了。」

說著，詩羽學姊的眼睛散發出詭異光芒。

沒錯，那簡直就像錢莊員工或者洋館ＡＶＧ遊戲裡的寡婦。

「不……不過腎臟……」

「那當然只是鬧著玩的，我並不會提出多大的要求喔。你聽了，應該會如釋重負。」

「真……真的？」

「嗯，再說我對錢不是那麼有興趣。」

這年紀就在報稅的人，說出來的話果然不一樣……

「那……那麼……我該怎麼做……？」

「你要做的就是……」

詩羽學姊的熱熱吐息，忽然吹在我右耳。

沒錯，那簡直像美少女遊戲的姊姊角色或女老師角色。

「當我的……奴……」

「你們還不停下來～～～！！！」

就是這個瞬間，這個老套得不償命的時間點，英梨梨綁在兩側的金髮沿著八字型軌道，連連打向我的雙頰。

她利用自己身高矮，一個閃身就鑽進我和詩羽學姊之間。

這真是血統多麼純正的近距離拳手。呃，雖然她是日英混血。

「妳……妳……妳有點分寸啦，霞之丘詩羽！」

就連接著說出的台詞，都老套得毫無保留。

「可是，錢很重要喔。澤村妳也說過，妳不做白工吧？」

「我要吐槽的又不是那個部分。還有妳不要拿我託詞！」

「妳也不用把我為了讓社團順利活動而花的心思說成那樣嘛。」

「妳每次都用那種耍人的口氣！」

這兩個人果然是走下舞台，就不看彼此一眼的諧星搭檔……

簡單易懂的社團解散法則　其四

「社團成員感情不融洽」

「假如這麼排斥，澤村妳借他不就好了？妳畫同人的收入也是賺得飽飽的吧？」

「那種事我才不清楚！原價、本子數量還有銷售收入，我都是交給爸爸管。」

連報稅都交給父母處理的人，說出來的話果然不一樣……

不對，這傢伙的資產，或許會用外交特權藏在檯面下。

「明明好不容易有機會解救他的危機……之後後悔，我也不管妳喔？」

「我才不像妳，有把男人當奴隸或小白臉的興趣！」

啊，原來學姊剛才說到一半的詞是「奴隸」……

「妳不覺得當個在背地裡扶持男人成功的女人，很有昔時的浪漫情懷，還挺棒的嗎？我倒想在這次的新系列安插一個這樣的女角色。」

「妳那樣才不叫『背地』，基本上這傢伙也不可能成功，而且前提是我不可能把他當男人！」

「我真的不討厭妳那種能一眼看穿的個性喔。」

「我是發自內心討厭妳那種邪惡到骨子裡的個性！」

簡單易懂的社團解散法則　其五

「社團裡有男女構成多角關係……？」

「……唉。」

幾秒鐘以後，只見我留在教室裡唉聲嘆氣的身影。

話說那兩個人連讓我介入的餘地都沒有，一邊反目相識、一邊就走出去了。

好扯，她們從一個月前到現在，都沒有任何進步耶……

「……唉～」

我根本沒有餘裕像這樣替別人嘆氣。

要說到從一個月前就沒有進步，我也一樣。

宛如受到命運牽引，和她相識的三月。

點燃雄心壯志，決意製作遊戲的四月。

歷經曲折，湊齊最強班底的五月。

緊接著，就是考驗陸續降臨的這個六月……

最先逼近眼前的是「時間」這道門檻。

還來不及將其克服，名為「預算」的門檻已經出現在後面。

最後則有「協調性」這道比以往都高上許多的門檻聳立著。

無論怎麼想，都只能用「完蛋」來形容這個狀況。

所以，只要死心就行了。勇敢毅然地知難而退就行了。

這本來就是單純出於心血來潮的計畫。

當中並沒有賭上人生或死活一搏的要素。

所以，感想只有一句：「沒辦法。」

可是……

「對了，妳從剛才就在做什麼，加藤？」

一直發這些和四月同樣的牢騷（第一集的複製文）也沒用。

「嗯～我在想社團名稱。」

「……社團名稱？」

不得已，我這才跟從剛才就完全不干預這場騷動，只待在教室角落將隱形性能徹底發揮的「第四個社員」搭話。

「嗯，創立以後已經過一個月了，可是這個社團還沒有名字對吧？」

「唔，是啊……說的沒錯。」

對喔，她也在……

這裡還有一個從四月到現在，什麼也沒變的傢伙。

可愛與漂亮加減參半，卻莫名地不受人注目的端麗容貌。

髮量中等而欠缺特徵的鮑伯頭。

個子比英梨梨高，但比詩羽學姊矮。

另外，她也比英梨梨豐滿，但比詩羽學姊瘦……

該怎麼說呢，這種不起眼的特質同樣屬於形式之美……嗎？

「取這個名字怎麼樣?就叫『倫也和他愉快的伙伴』。」

「……唔，不太好，已經有名稱類似的知名社團了。」（註：影射成人遊戲原畫家「有葉」的同人社團「有葉と愉快な仲間たち」）

「這樣喔，那不行囉。」

嗯，不行喔，妳那種處理事情的先後順序。

畢竟現在也不是想社團名稱的場合了，關於這一點……

哎，我猜這傢伙八成不明白，就算明白應該也不會改變就是了。

簡單易懂的社團解散法則　其六

「社團裡有個不知道為什麼會在的飯桶」

不不不，她既不是飯桶、也不是社團代表的女朋友。

何止如此，她對我而言是一切的起源。她是象徵、指標，亦即這個社團的陛下。

在遊戲裡、在故事裡、同時也在我心裡的第一女主角——加藤惠。

宛如受到命運牽引，和她相識的三月。

在春假期間，打工中的我、忽然吹起的風、以及碰巧路過的加藤達成戲劇性融合，讓我的美少女遊戲腦覺醒了。

點燃雄心壯志，決意製作遊戲的四月。

在新學期，我發現自己和她其實早在兩週前就再次碰面，痛切體會到「巧合」及「命運」是兩回事。

可愛卻不顯眼、談得來但不令人心動；對她做什麼似乎都能得到原諒，可是我並不允許自己那樣……

面對角色設定像那樣不上不下，微妙程度好比地方性萌角的「加藤惠」這個女生，我決定將她翻修成自己理想中的第一女主角。

歷經曲折，湊齊最強班底的五月。

為了加藤、為了我，以往被封印的，最強且最狂的人脈就此解放了。

於是乎，召喚出來的是澤村．史賓瑟．英梨梨和霞之丘詩羽。

能力、外貌、知名度以及難應付程度，都屬於頂級的私立豐之崎學園雙女神。

要拉攏她們入伙當然是困難無比，在黃金週時，曾一度讓我想放棄。

但靠著苦心耕耘將她們納為伙伴的人，並不是我。

而是被我斷定成沒衝勁、只會隨波逐流的加藤辦到的。

所以，我們這個連名稱都決定不了的社團，才會像這樣存在於此。

緊接著，就是考驗陸續降臨的這個六月……

今天，加藤惠同樣為了社團而貢獻出努力。

「啊，對了。」

「怎樣？」

「那取這個名字如何？『扮鬼臉soft 4』……因為我們是四個人創社的。」

「……有名稱類似的大公司啦。而且他們的編號排到3。」（註：「扮鬼臉」的日文發音為「AKANBEi」，影射成人遊戲製作公司「AKABEi SOFT2」）

沒錯，加油吧，我們社團的象徵……

第一章　光有**可能性**就**出局**了啦

「謝謝惠顧～～歡迎再度光臨～～」

下了我家附近的偵探坡，在十字路口左轉，然後沿國道大約走兩百公尺處，算起來終究還是在我家附近。

位於附近的一間家庭餐廳「法米爾」，在生意理應最忙碌的星期日晚上，座位至今仍只有八分滿。

「總共四位嗎？請問吸菸嗎？那麼這邊請。禁菸席四名顧客，麻煩帶位～～」

畢竟這地方離每個車站都要近不近、要遠不遠；店面雖然開在國道上，卻因為用地狹小而無法規劃停車場，由於這些短處，就我所知，沒有店家可以在這裡撐一年以上，可以說是流動率超高的惡魔地段。

「點了燉漢堡、和風套餐的顧客……讓您久等了。鐵板很燙麻煩請小心。」

不過，對於勞方來說，反倒因為店面開在那種地方，所以即使在尖峰時間也不至於忙翻天。以打工地點來說正合適，頗得眾人好評。

「客人點餐了～還有客人要結帳，麻煩來一位站收銀～」

而我現在，是以勞方的立場待在這裡。

沒有錯，這沒有什麼好隱瞞的，從剛才就忙著招呼接應的人正是我……

「安藝，方便談一下嗎？」

「啊，店長，有什麼事？」

當然，我並不是只顧工作。

如果廚房有喜歡電玩的內場成員，我會過去講述美少女遊戲的深度。

如果外場有女服務生聊動畫聊得興高采烈，我會加入她們的小圈圈。

如果有客人在桌面擺出角色週邊精品，我會到旁邊若無其事地低聲說出作品名稱。

「關於你之前提到的聯名合作企畫……我透過總公司和代理商取得聯絡了，看來對方是表示ＯＫ喔。」

「真的嗎！」

……此外，如果店長室舉行企畫會議，即使沒有找我參加，我也會進去鼓吹和下季預定播出的動畫合作辦活動。

「所以，要準備哪種商品、宣傳該怎麼進行之類的細節，有不少事情希望能找你商量。畢竟我對這方面很陌生。」

「好啊好啊！派我到哪裡都可以，請務必讓我參加！」

我想當個那樣的御宅族。

……呃，雖然我早就身體力行了。

「那麼，就從下星期開始討論……安藝，今天你差不多可以下班了。」

「不，我今天也會拚到打烊為止。」

「你太拚了啦。昨天和今天，你都是從上午就一直沒休息地埋頭工作吧？」

「沒關係，因為我有非達成不可的目標！為此要我一天工作十五小時、或者從開店兩小時前就幫忙準備、或者大部分時間都無薪加班，還被迫當義工，我都不要緊！」

「……先和你說清楚，我們店裡沒有那麼黑心。基本上，你不是都還很生龍活虎地在工作嗎？」

「沒有啦，我只是打個比喻而已，比喻！」

三十歲左右、瘦得皮包骨又個子小的懦弱店長，臉色有些困擾地摸了摸眼鏡。

這個人不是御宅族，可是大概因為同屬眼鏡角色的關係，和我滿合得來的。

「哎，你身為工讀生還很主動積極，幫了我們許多忙喔。但是絕不要逞強，好嗎？」

「不要緊！我將這項工作當成天職！」

「哈哈，那還真可靠。」

順帶一提，派報工是我在看完深夜動畫以後，立刻能無縫銜接上的天職。

搬家公司是時薪高，而且說來就能來、說走就能走的天職。

影視出租店則是同好比例高，還能免費看到最新影片的天職。

結論……我是工作痴。

十一月二十三日（勞動感謝日）會邊感謝邊工作，五月一日（勞工節）會邊主張權利邊工作。

我就是想成為那種自給自足的御宅族。

「啊，那麼我要回外場了，先講到這兒吧。」

就在這時候，樓面鈴聲響起，宣告新客人的來到。

「那下星期也拜託你囉，安藝。」

「謝謝～～！」

我對店長深深鞠躬，然後瀟灑地走出店長室，再度回到戰場。

離打烊還有三小時左右……不，到冬天以前，我會毫不鬆懈地全力衝刺！

然後，我絕對要賺到手。

我要賺到ＤＶＤ壓片費、包裝和說明手冊的製作印刷費、連原畫和劇本的稿酬順便算進去，

總額超過一……一百萬圓的大錢！

「歡迎光臨，請問有幾位……？」

「咦，安藝？」

……於是，就在我重新提振士氣的瞬間。

讓我那股衝勁瞬間凍結的畫面，展現於眼前。

「……兩……兩位來賓，請問吸不吸菸……」

「啊，我們要禁菸區。什麼啊，你又接了新的打工？」

因為，出現在那裡的是……

「咦？小惠妳和他認識？」

沒錯，出現在那裡的人是惠……也就是加藤。

那是巧得簡直像漫畫或輕小說的一幕。

只不過以取向而言，並非安心又安全的萌系愛情喜劇……

「啊，對呀，他是我同學。安藝倫也。」

「哦～～很巧嘛。啊，我叫加藤圭一，請多指教。」

「…………你好。」

是的，這要算愛恨糾結類，或者ＮＴＲ類呢……？（註：ＮＴＲ為日本網路術語，中文意思是「遭人橫刀奪愛」）

※　※　※

「啊，你問圭一哥嗎？對啊，他是我堂哥。」

「堂……堂哥……？」

放完假的星期一早上。

在上課前的嘈雜教室裡，我下定決心向加藤問了昨天的事。

這一次，我實在沒辦法等到放學後的社團活動時間。

畢竟這可是影響社團存續的危機。

不過……

「嗯，而且他是城北醫大的四年級學生。」

「醫……醫大的學生？」

「他從小時候就是模範生，和加藤家的姊妹不一樣，所有親戚都把他當成家裡的驕傲。」

「醫大的學生……」

「上星期我叔叔一家人難得來玩，我爸媽就帶他們去看戲劇表演，結果只留了我們兩個人下來，連晚飯都沒有準備。」

「…………」

加藤的反應往常得不能再往常。

「不提那些了，安藝，你在打工的地方也和其他人相處得很融洽耶。我看店裡面的人叫了你好幾次。」

湊巧有我打工的店、湊巧她來光顧——這種要當成命運也無妨的情景，幾乎被全面忽略。

「像你這樣溝通能力強的御宅族，是不是真的很少見啊？」

那時，她和別的男人在一起——貌似能讓醋罈子打翻的情景，同樣被她用一句「堂哥」輕鬆交待過去。

「御宅族那種類型的人，一般都和同伴處得很好，可是除了那些同好以外，跟同學不是都不太講話的嗎？」

而且，她稀鬆平常地補了一段讓親戚折騰的溫馨插曲，將我的緊迫感連根拔起。

……雖然這無所謂啦，包括她上次送貝雷帽給堂妹，加藤家和親戚間的互動還真夠豐富。

「換成你的話，別說在班上或學校裡了，你到任何地方都是一樣的作風耶。既不怕生，又能馬上和任何人變成朋友……那部分好讓我羨慕。」

真的，加藤就是這樣……

任何事對她來說都沒有戲劇性，無論多可疑都完全不需要擔憂，安心得幾乎令人生厭、宛如

施捨給玩家的小菜型第一女主角……

「最好是這樣啦～～～～～～！」

「安藝？」

……她這種態度，只能到昨天傍晚為止。

「加……加藤！妳……知不知道自己做了什麼？」

「啊，你該不會討厭被看到工作的模樣吧？抱歉，不過那是碰巧。」

「不對，問題不是出在我這裡！」

「……？」

「那……那樣……那樣不行！」

「那樣是哪樣？」

「就是那樣……呃，我是指那傢伙……那個人！」

「……圭一哥？」

「對，圭一哥！」

在家庭餐廳裡也始終坐在加藤對面，一起吃完飯還用車載她回去的男人！

年長的堂哥兼醫大學生！開的車還是奧迪！

而且瀏海也整理得很清爽；適合用上一個年代流行的「醬油臉」來形容，讓人感覺不油膩的外貌……話雖如此，但也不屬於乾性膚質……那些都無所謂！

「他怎麼了嗎？」

「妳還說『他』！妳剛剛講出『他』了耶！」（註：日文中，人稱詞的「他」也可以用於代指男朋友）

「唔哇……」

驚呼的加藤，被我嚇得退避三舍。

呃，我明白。我現在這樣確實很煩人。即使不從旁人的角度來看也一樣煩到爆。

可是我身為美少女遊戲玩家，並不能就這樣息事寧人。

「加……加藤，聽好了……我有件事要先和妳說清楚。」

「唔……嗯？」

「那個人就算了吧……」

「你說『算了』，是指什麼？」

「各方面！包括一起吃飯以及搭對方的車，所有會造成誤解的舉動都不可以再有！」

「抱歉，我還是不懂你的意思。圭一哥和我是親戚耶？」

「也禁止妳那樣叫他的名字！」

「可是對方也姓加藤嘛。」

「多……多麼巧的巧合……這也是命運的捉弄嗎！」

「……機率……差不多四分之一不是嗎？」

冷……冷靜下來，別動搖，安藝倫也。

加藤只是沒發覺而已……她不知道這對追求萌的玩家，是多麼嚴重的背叛。

所以，只要將詳情仔細解說，她應該就會懂了。

「年長的堂哥這號角色……把大哥哥的旗子插得太穩了啦……」

「……什麼意思？」

「這是發生在小時候的事……」

每年，在祭祖和元旦的期間，只有當親戚們在鄉下齊聚一堂時，少女才能和年長而聰明成熟的少年相會……

少女平時總是和同年的男生在山野間奔跑玩鬧，可是面對少年輕鬆的微笑，她卻莫名地害羞。所以她有時會刻意迴避、有時則惡言相向，一直拖到告別的那天才深感後悔，這已是每年的慣例了。

然而就在某年，出現了轉機。

當少女依然故我地拒絕少年的邀約，獨自闖進山裡時，卻一個不注意而扭傷腳變得動彈不了。

等回神過來，黃昏已在轉眼間造訪山野，烏鴉的詭異叫聲在陰暗的森林中響起，周圍開始有蝙蝠交錯飛舞。

那何止令人寂寞，在受到恐懼支配、發抖著連求救聲都發不出的少女身邊，撥開樹叢趕來的少年出現了。

被全身皆是割傷的他背下山時，方才都還發不出的聲音隨著眼淚溢流而出，一直到抵達奶奶家為止，少女始終在他背後不停地哭泣。

而她，就是一次又一次地含淚對少年喚著「大哥哥」的惠。

「…………」

「…………」

「呃，就算你編了個故事，說那就是我……」

「然後，等現在又想起當時的回憶，妳會不會在吃飯時，用聽不見的音量嘀咕：『睽違這麼久，可不可以讓我再叫你大哥哥呢？』不然妳說，有沒有？」

「一般來說，才不會那樣問啦。」

「在美少女遊戲就會！」

「咦～」

而且偏偏在這種時候，要是對方反問：「咦？妳剛剛說什麼？」還表現得像個超級遲鈍又耳背的臭傢伙，那簡直就……！

「還……還有，妳會不會約好跟對方結婚！而且一直都信守小時候作的約定！」

「拜託，對親戚抱著那種想法很奇怪耶。」

「才不奇怪，假如我是圭一哥就會覺得超萌的！」

「咦～」

堂哥是可以結婚的四等親。

而且因為和女主角在小時候一起長大的關係，稱謂立刻就會變成「大哥哥」，在美少女遊戲的男主角人選中，排在第一種子序位。

會有人不巴望那種嚐得到酸甜滋味的輩份嗎？不，沒有！

……唉，僅限御宅族啦。

「加藤，如果妳是個普通的女生就好了……」

「可是安藝，我覺得你常常氣我太普通耶。」

「但妳現在是戀愛禁止令訂得超級嚴苛，連A○B都會相形失色的美少女遊戲女主角啊。」

「什麼時候變成那樣了……？」

「結果妳卻丟下身為主角的玩家，讓那種插遍旗子的情敵角色跑出來亮相，這實在……」

「咦，圭一哥也要出現在遊戲？」

「還有要說到最致命的一點，就是他讀醫科大學！」

「你是不是也對醫大的學生抱有什麼偏見？」

「加藤妳不會懂的啦……大概一輩子都不會懂。」

我們這些美少女遊戲玩家和醫大學生，在追第一女主角時相差的距離，是一條絕對彌補不了的鴻溝，到現在仍令人嗟怨不已。（註：影射戀愛遊戲《下級生2》。該作的第一女主角是與醫大的學生先交往，歷經靈肉糾葛後，才將心意轉向玩家扮演的男主角）

「呼……！」

深深吐氣讓心情鎮定下來以後，我再度以真摯的表情重新面對加藤。

「加藤，我鄭重拜託妳……」

「啊～～是喔。」

於是，加藤擺出已有口碑的淡然臉色等著我說。

「也許這是無理取鬧、也許這樣很煩人、也許妳會覺得：『這傢伙是白痴嗎？』」

「呃，抱歉。你那些話不需要加『也許』……」

「就算這樣，我還是希望妳和他……和圭一哥暫時不要見面。可以的話，就將妳對他的愛意

封印到遊戲完成為止。」

「我對他的感情根本不是愛意，要說幾次啊……」

「這不是我單純耍任性而已……」

「啊，你承認自己有摻雜任性的想法是嗎？」

「身為發誓要做出最強美少女遊戲的創作人、身為發誓要讓這項企畫成功的社團代表、同時也身為發誓要讓妳當第一女主角的製作人先生──」

「為什麼只有最後的稱謂加了『先生』？」

「拜託妳，閣……加藤！」

祈願的同時，我深深將頭低得幾乎要撞到桌子。

因為這就是我現在能表示的最高誠意。

我深信所有美少女遊戲玩家的願望，能傳到加藤心裡，所以才不惜像這樣……！

「呃，抱歉。可是我很早就和他約好這個週末要一起出去了。」

「ＯＵＴ～～～～～！」

於是，在我半蹲著將兩膝朝外張開，並舉出右手大拇指的瞬間，教室裡響起了上課鈴。

……此外，在我們這麼明目張膽地，像是情侶吵架般發生口角的過程中，同學們也一如往常地完全不把那當成一回事。

※　※　※

「這……這就是六天場購物中心……？」

深夜，在我房間裡，今天並沒有播出耳熟的動畫聲音。

取而代之響起的，只有硬碟式錄放影機運作時悄悄發出的低鳴、翻閱雜誌的聲音、以及我夾雜嘆息的自言自語。

「要去……這裡啊……？」

我流下的大粒冷汗，又滴在桌面上攤開的J◯lan和東京Walk◯r的彩頁上了。

雜誌頁面刊著「本月開幕！六天場購物中心大特輯！」字樣，隨附色彩繽紛的大量照片。

六天場購物中心。

如同街頭誌的報導所寫，那是在月初開幕於玉崎市的大型購物商場。

根據報導介紹，集結了國內外共一百多家品牌的購物街、三十幾間知名餐廳齊聚的飲食街及複合式影城，都一併設置於那座巨型設施裡。

對，這就是加藤的許諾之地。

她和堂哥圭一約好要在週末去的地方。

而如今，已經變成她在週末會跟我一起去的地方了……

呃～按順序作個說明吧。

最初，加藤好像先邀了班上的那些女生。

結果聽說她被「剛開幕會人擠人，所以不想去」這樣的理由回絕了。

那也難怪，我對她那些朋友的想法感同身受。

這種大熱天裡，搭電車花一個小時以上擠沙丁魚去逛街，是有多M啊（漫畫販售會例外）！

然後，她和碰巧來玩的男性親戚提到這件事，一起去玩的計畫似乎就順理成章敲定了。而且聽說對方還會開車載她。

……沒有人那樣的啦。看在親戚份上就答應受那種罪，你已經超越聖人境界了，圭一哥。

想成他對加藤另有所圖，反而格外能理解。雖然我絕對無法接受！

如此這般，從美少女遊戲主角的角度來看，我就是不能容忍加藤的行程，才會忍不住在那個瞬間脫口喊出……

『不然我代替他去！我會陪妳到六天場購物中心！』

『你要去？嗯，也可以啦。那我先發簡訊和圭一哥取消囉。』

『可以喔？』

事到如今，我才覺得自己太小看加藤好相處（隨便）的程度了。

當我對圭一哥感到實在過意不去時，對方卻也爽快地回訊表示：「了解，幫我和妳男朋友問好。」

什麼啊，純粹是親戚間的來往而已嘛。呃，雖然加藤從一開始就那樣說了。

「這……這就是六天場購物中心……」

於是時間再度運轉……回神過來的我再度猛流冷汗。

無論將特輯報導讀過幾遍，我在腦海裡都想像不了自己待在那個地點的情景。

畢竟這座購物中心在設計上，是徹底迎合情侶或家族之類的普通現充。

沒有娛樂園區、水族館、天文館那種對御宅族具親和力的設施。

雖然勉強還有影城，卻絕情到連一部動畫片都沒播。

最致命的問題是沒有安利〇特。

六天場購物中心，就這麼討厭我們這些御宅族嗎……？

還有，妳為什麼會想去那種地方，加藤惠……？

要去嗎？我真的要去那種地方？

光有UNI〇LO和A〇C鞋店就能過活的我，真的要去？

而且，還是跟女生一起？

去這種由男女兩人同行，怎麼看都只像現充在約會的地方……？

現在我才深切體會到。

加藤惠這個女生，隨和得不容易發現其本質，但她終究是個普通的高中女生。

她會關心時尚雜誌，在假日到處逛衣服、鞋子以及裝飾品。

電影則看愛情片和流行的國片。

會去看的演唱會和音樂會不是Animelo Summer Live（註：日本國內最大的動畫歌曲演唱會），而是偶像系或是某流行樂。

對御宅族抱有理解又好相處，是她的一大優點，但不代表在深一點的事情上也能聊得通。

根本來說，她就是那麼一個和我住在不同世界的女孩子……

「……至少我這邊要決定好午餐在哪裡吃才行。」

現在不是畏懼那些的時候。

這次的「約會」，需要用上和以往全然不同的戰法。

可不能疏於事先調查。

「哦，有甜點吃到飽。這個也許不錯。」

欸，加藤……

妳曾說，我的溝通能力很強，而且和任何人都能立刻變得要好對吧？

不過，那是妳誤會了。

「唔，這什麼巨無霸百匯聖代啊？和名字一樣讓人難以置信……」

我只是不管三七二十一地讓那些團體染上自己的色彩，才能保有容身之地。

要打進無法改變的團體，我就辦不到了……

「……嗯？」

對了，圭一哥。到現在我才突然想起來，你那封簡訊裡寫的「男朋友」是什麼意思？

※　※　※

緊接著，到了盼望的週末，雖然不確定是誰盼望……

「……咦？」

「抱歉，我發燒到超過三十九度……所以沒辦法去了。對不起。」
在電話裡向加藤賠罪的人，是我。
「什麼？怎麼了嗎？你感冒了？」
「唔……對啊，差不多就是那樣……」
我說不出口……我哪有可能說得出口……
自己居然對約會太過煩惱，而讓腦袋過熱了。

第二章 探病是個別劇情線的事件吧？

回神過來，我已經被擱在全白的光芒中。

那炫目和刺眼的程度，讓我眨眼眨了一陣子才逐漸適應白色世界。

……接著，我發現那是購物街裡數量氾濫的燈飾。

而且，我似乎是一個人被擱在有女孩子和情侶們光顧得鬧哄哄的休閒服飾店。

為什麼……我會在這種地方……？

「啊，您要找什麼衣服嗎？」

於是，貌似店員的褐髮男子眼尖地發現困惑的我，就莫名親切地向我搭話了。

霎時間，這次出狀況的不是我的眼睛，而是腦海裡逐漸染成全白……

呃，我並沒有要找什麼東西。

所以別靠近我、別和我搭話、別從上到下打量似地看著我。

別觀察我這件T恤的圖樣、別特地確認我翻起來的領子。

將T恤紮進褲子裡，就這麼該死嗎？今天只是碰巧這樣穿而已。

冷靜想過就知道，衣服這樣穿才舒服吧。

怎樣？我講「褲子」有什麼不對？只是和父母用同樣的詞不是嗎？

喂，別因為我將包包揹在背後，就明顯改變態度。

還有別用鞋子決定一個人的品味，那種東西能穿就行了吧。

煩死了，別用「彼氏」稱呼我。假如我是女的，你會改叫「彼女氏」嗎？（註：日文中會以彼氏／彼女稱呼男女朋友。另外，日本社會的籠統觀念中，是認為御宅族之間都習慣在姓氏或名字後頭加上「氏」稱呼彼此。）

乖乖叫我安藝氏或倫也氏就好。看吧，很有御宅族的味道吧？

哼，這種地方誰待得下去！我要先回房間了！

※　※　※

「～～唔！」

結果，不知道為什麼，當我慘遭殺害的屍體在洋房大廳被發現時，我就從令人反感的夢境中醒來了。

我睜開眼睛，發出不成聲的喊叫，世界瞬間被紅色支配。

那炫目和刺眼的程度，讓我眨眼眨了一陣子才逐漸適應紅色世界。

……接著，我發現那單純是從窗戶照進來的夕陽。

這樣啊，原來已經傍晚了。

這表示我白天都在昏睡嗎？難得的星期六，卻浪費了整整一天。

……不對，真正浪費掉假期的並不是我。

『不會，那沒有關係啦。其實我什麼時候去都可以。』

『別因為太熱就把冷氣開得太強喔。還有要多補充水分，知道嗎？』

『那你要保重喔。』

今天真是對不起加藤。

……事情可不能這麼簡單帶過。

硬拗對方約會卻還在當天爽約，出這種程度的差錯，即使是交往三年的倦怠期情侶也會因此

分手……

不對，那樣比喻不恰當。即使是交往第三個月的純真情侶也會分手才對。

「好熱……」

已經開始出現的蟬鳴、冷氣送風的聲音、靈活運筆的沙沙聲響……

安靜的房間裡，只有那幾種小小的聲音。

我晃了晃茫然的腦袋，打算讓心思稍微回歸現實，結果馬上就發現自己口乾舌燥。

明明開了冷氣，身上的T恤卻濕黏黏。

看來燒還沒有退，全身倦怠，乾渴的喉嚨也感到燥熱。

「去喝個水好了。」

「啊，我要可樂。」

「知道啦……」

我慢吞吞地爬起床，離開房間。

我捂著至今依然昏沉的腦袋下樓梯，然後走進廚房。

瞄過客廳，爸媽和我想的一樣都不在，一如常態。

沒辦法，我只好自己從櫥櫃裡拿出托盤，再為了找飲料而打開冰箱……

「…………？」

什麼都沒拿的我急著關上冰箱，離開廚房。

我就這麼立刻往樓上衝，速度和下樓梯時全然不同。

然後在房間的門被我順勢打開後……

「妳為什麼會在這裡～～～？」

我朝著穿了一身運動服，在我書桌上專心努力地畫插圖的金髮女吐槽。

「啊，飲料先擺旁邊。原稿沾濕就傷腦筋了。」

「該在第一時間感到傷腦筋的，是被妳擅闖家裡，又連個理由都沒有就被占走書桌畫原稿的我吧？」

「沒辦法嘛。不管我怎麼按門鈴，伯父伯母都沒有應門，你也一直沒起床。」

「……所以，關於畫原稿的部分妳怎麼說？」

「哎，那個歸那個、這個歸這個……欸，基本上我每個月都有截稿日要應付耶，你也不用講得那麼無情吧！」

奇怪？她好像惱羞成怒得在道理上一點也站不住腳耶？

根本來說，要是按了門鈴都沒人應聲，一般都會改天再上門吧？畢竟彼此是鄰居。

呃，討論這些以前……

「結果妳是來幹嘛的，英梨梨？」

「沒事。」

雖然她最近總算將長達七年的鎖國解除，可是我也不覺得我們之間的國交，已經恢復到可以毫無理由地踏進對方家門就是了……

而且還是在難得的假日。

基本上，我要是沒發燒就應該會出門的……啊，難道說……

「妳該不會是來探……」

「哪有可能！」

「……至少等我把『病』講完再否定好不好？」

這傢伙到底想得多細？還有看那種反應，她絕對知道我生病的事吧。

「之前，你不是幫我畫活動的原稿嗎？我只是帶那一次的謝禮過來而已。」

「唔……喔，上個月啊。」

「好啦，東西就放在那邊，你給我收下。」

聽她說完，我重新望向桌上，那裡確實擺著一個包裝樸素的紙包。

「既然妳帶了東西給我，說是探病也沒關係嘛。」

「哪可能沒關係！送謝禮是做人該有的禮儀，探病對女生而言是插事件旗，兩邊之間在認知上有絕對無法填補的差異！」

「是……是喔。」

說來說去，這傢伙也和我一樣感染到美少女遊戲腦了。

呃，至於她受了誰感染，這部分倒是另有爭議。

「嗯，反正我就欣然收下囉……喔，桃子罐頭，好懷念耶。」

「對吧？我在百貨公司地下街看到，不由自主就買了。」

「還有……喂，這不是香瓜嗎？」

「你以前沒討厭過吧？」

「沒有啦，畢竟很少有機會吃到……我幫那種程度的小忙，這份謝禮也太貴重了吧？」

「那不要緊。我是用上次活動的收入來付帳的。」

問題在那裡嗎……資產階級就是這樣。

「剩下的……呃，香蕉、蘋果和……感覺水果很多耶。」

「那些都是從水果店隨便挑來裝在一起而已啊。」

我還是認為整個陣容非常像探病的禮物，在意這一點是不是就輸了？

於是，把那些水果全部拿出來以後，最後在紙袋底部，出現的是一包顏色鮮豔得不太健康的粉末。

「……梨〇汽水？」（註：梨瓜汽水，一種古早味的果汁汽水粉）

「嗯，聽說這個限定復刻了。」

「……為什麼要買這種玩意？」

「那也很讓人懷念吧。小時候，你沒有帶著去遠足嗎？」

「嗯，真的好懷念。那我現在就去泡，妳儘管喝。」

「那種色素調出來的東西我才不要，都說過我要可樂了吧。」

我明明是病人，這個女生就非得要找事情刁難才過癮嗎……

「所以，你退燒了嗎？」

「差不多還有三十八度。」

言歸正傳。

我們東拉西扯以後，就將探病的禮物隨便切好裝盤，消磨著傍晚的時光。

此外，做這些的當然是身為病人的我。

畢竟總不能交給這個探病的客人處理。手藝自是不提，她的視力也有關係。

「不過啊，你居然會感冒……希望天上別因此下雪而害哪一對情侶分手。」

擺著老樣子挖苦我之餘，英梨梨拿起可樂就口。

順帶一提，她的杯子是《雪稜彩光》角色玻璃杯第二彈「渚麻里子」版本，我用的則是同款

遊戲的角色玻璃杯第一彈「天女羽衣」版本，分別是我們最推薦的角色，安排得面面俱到。

「噗！咳咳咳……咳！這果然不能喝啦，倫也！」

「不要緊，泡這個的時候比喝下去還慘……」

是的，我剛剛才學到「〇瓜汽水粉不要加進去可樂比較好」的教訓。

汽水粉加可樂的豪華雙碳酸共演，溢得桌子、地毯、抹布都染上墨綠色了……

「說起來，你已經十年沒有病倒了不是嗎？記得上次是……」

「妳的記憶在中間斷了七年左右吧？再怎麼說，我也沒那麼猛。」

「……也對。」

於是乎，稍微聊開的話題在轉眼間冷掉。主要是我害的。

因為我們斷絕交流的時間已經長得超出「一陣子」的等級，現在就算聊起往事，也無法坦然接受。

嗯，坦白講，我的確在這十年都沒得過感冒，可是要承認也讓我不太爽快。

記得十年前那時候……得了腮腺炎而病倒的我身邊，好像曾有個法國人偶般的英國女孩子（日本人費盡心思想出的諷刺）用快要哭出來的表情望著我。

「這麼說來，妳以前常常感冒。差不多每個月都會向學校請假一次……」

「你那是中間斷了七年的久遠印象吧？連我現在超級健健康康的都不知道。」

「……也對啦。」

在這傢伙身上已經找不到當時的澤村・探險家・英梨梨（十七個綽號之一）的昔時影子了。

（註：「探險家」影射一個以體質虛弱聞名的電玩人物）

「…………」

剛才還帶著暮色的天空，不知不覺中已經染上夜色。

蟬鳴終於停歇，冷氣的風依然吹著，而運筆聲也一樣……

「…………」

結果，在剛才那段略顯尷尬的沉默之後，英梨梨仍然沒有要回家的跡象。

她始終背對著安份躺在床鋪上的我，運筆如飛地揮灑著。

彷彿我根本從一開始就沒有待在這個地方……這裡明明是我的房間。

「……我問妳喔，英梨梨。」

為了追求再一次的機會，實在無聊得沒事可做的我，朝著那道背影攀談。

「怎樣？」

於是乎，對方大概也在等我搭話，應聲時顯得生硬而不經矯飾。

「妳有沒有約會的經驗？」

唰！

然而，下個瞬間，卻傳出筆尖劃穿稿紙的聲音。

「啊啊啊啊啊啊啊啊啊啊～～！」

隨後則是英梨梨的慘叫……看來她作畫的進度原本還滿順利的。真可憐。

「約……約……約……」

「呃，這個問題那麼讓人衝擊嗎？」

「都這個年代了還問什麼約不約會的，聽到那種作古的詞，誰都會起雞皮疙瘩啦！何況是聽你這種噁心阿宅講！」

「就因為我是噁心阿宅，沒有那方面的知識，會用到作古字眼也在所難免吧。話說回來，要不然現在都用什麼詞稱呼？」

雖然我不想被一個在星期六晚上，還穿著運動服跑來噁心阿宅家畫情色同人原稿的傢伙罵成噁心阿宅。不過吐槽那些會讓話題扯得更遠，因此我覺得甘於接受批判的自己是個大人。

「基本上，你居然問女生有沒有經驗，噁心阿宅就是那麼不長眼！」

「不用再發表噁心阿宅論了。還有妳亂簡略我的問題，聽起來反而更像不恰當的發言。」

「或……或者說，你在暗示要約我？你想對剛才那個話題賠罪？不要從一個極端跑到另一個極端啦！」

「誰會約妳啊……慢著，我先聲明清楚，這可不是傲嬌性質的反應，妳不要誤會了。」

我一邊說、一邊紅著臉將頭轉向旁……並沒有，這樣做太噁心了。

「不然你要約誰？媽媽不會生氣的，你老實說！」

「我倒不認識有哪個媽媽那樣說，會真的不生氣的。」

「……是加藤對不對？」

「根本不對！啊～這樣下去沒完沒了，我換個方式問啦。」

她說對了一部分，不過從全體來想是錯的，所以（就全體這一點）我還是否認。

畢竟，我是大人嘛。

「我想問的是……當一個人到了客場，該怎麼表現比較好？」

「……客場？」

「換句話說，就是跑到自己不適應的環境，或者被情況所逼時，要怎麼應付才對？」

「不適應的環境或情況……比方像哪樣？」

「這個嘛，例如和女生到購物中心逛衣服，還有看不是動畫或特攝片的電影、去非速食店的地方用餐……」

「那什麼嘛！活脫脫就是約會不是嗎？」

「剛剛妳才講過，那個詞（約會）作古了……」

還有，無論在哪個時代，大人與小孩都無法相互理解……

「所以說，那真的純屬比喻啦。即使不是去購物中心，即使沒有女孩子一起去也可以。」

「總覺得可疑到極點……算了，然後呢？」

後來英梨梨或許稍微冷靜點了，她停下畫原稿的手，將椅子轉向這邊。

接著，她俯視仍躺在床上的我……呃，俯視之餘，她在聽我說話時還是無法不插嘴。

「對我來說，客場就好比六本木新城、惠比壽花園廣場、原宿的純愛〇札咖啡廳那一類的地方……」

「我覺得最後那個和你相襯到了極點，而且那老早就關店了。」

「買CD的時候也一樣，假如是去安利美特和Gamers，會員卡我都一應俱全，但是誤打誤撞跑進淘〇唱片行或H〇V時就會感到絕望。像那種狀況。」

「於是客人就聚集到亞〇遜了……」

「把範圍侷限在太陽城60的話，感覺就像從NA〇JATOWN踏出去一步，走路速度會突然變快那樣。」

「就那樣離開太陽城以後，你在乙女路上會怎麼走，我倒是很感興趣。」（註：乙女路是東池袋三丁目的別稱，以女性向店鋪眾多而聞名）

真的，她完全無法安靜聽我講。逐字逐句都不忘吐槽。啊～～煩死了，那毛病和我一模一樣。

「碰到那種苦悶的情形時，妳會怎麼辦？」

「幹嘛問我那個？」

「我覺得，既然是妳應該了解吧……既然妳平時都戴著面具。」

「你這是在損我？」

「哪的話，我本身對妳既不討厭也不怨恨喔。」

「…………」

「呃，沒什麼啦，當我沒說。」

即使如此，我們兩個的態度仍有點保留，這該歸咎於我生的病，還是歸功才對呢……？

「哎，至少預先做功課是必須的啦。畢竟也有名言說：『知己知彼，客船不殆』。」

「是……是喔。」

那種像是發揮了鐵達尼號的寓意又勉強說得通的語誤是怎麼回事？話說妳真的有做功課嗎，英梨梨小姐？

「即使排斥、即使沒興趣，還是要分出時間認真面對才可以。」

「那些我姑且都做了……妳看，這裡有和我房間不搭調的雜誌。」

說著，我把買來幾小時就甩到地上的東京Walk○r，在相隔數天後又挖出來了。

嗯，關於分出時間認真面對這部分，我不得不反省。

「原來如此，六天場購物中心啊。欸，你果然是去約……」

「啊～～反正我們先談正題好不好？」

那個詞不是作古了嗎？是妳自己說的。為什麼還要一直提「約會」提個沒完？

「然後，假如做了功課還是碰壁……總之要保持笑容。」

「笑容？」

「對，最好不要因為愛面子就刻意裝懂。帶著笑容表達出『？』的意思就可以了。」

「我了解了，用臉色表達：『咦，那什麼啊……？』的意思對不對？」

「等一下，我說過要用笑容吧！你幹嘛擺那種不敢領教的臉？」

「咦，不是像這樣喔……？」

靠表情交談，就是難在神韻的細微差異……

「即使聽不懂對方說什麼，總之保持笑容就對了。多餘的問題要克制。不要冒出和周圍格格不入的言行舉止。更不要拿自己的主張硬拗……」

「……感覺那樣很乏味耶。」

「多少幫對方作點面子比較好啊，不然會無謂地替自己樹敵喔。」

「那種故意打平的作法算什麼嘛。」

「在客場的戰術不就這樣？」

「……………」

的確，想強出頭才會造成負擔。也有人笨得用腦過度而發燒。

那麼概括而言，英梨梨的論調或許是正確的。

「簡單說呢，只要不惹人注目，就不會讓別人抱持興趣或敵意，自然可以安心。」

「感覺好像加藤耶。」

不過那傢伙的情況並非蓄意要那樣，這點反而更讓人惆悵就是了。

「嗯，雖然我承認這不符合你的作風。」

「當然啦。畢竟，被人忽略總是會不舒服吧？假如好不容易才有機會和對方交流，妳不希望獲得認同嗎？」

「那種目標，在主場努力就可以啦。」

我們的主場……指的就是御宅族圈子。

的確，在那裡的話，自然會有穿著相同隊服、說著相同語言、又來自相同地緣的支持者送上強而有力的聲援。

獲得那些支持者的力量，我們就能秀出精彩的表現。

不過，偶爾也會搞出被自己人罵得狗血淋頭的爛比賽就是了。

「所以，替自己準備兩副臉孔絕不算壞事……這是為了自己也為了別人，懂嗎？」

在客場，她是混血的千金小姐兼美術社好手兼校園偶像。

在主場，她是繭居的宅女兼新人插畫家兼同人場次的牆際作家。

澤村．史賓瑟．英梨梨的人格，就是靠這樣在主場爭取分數，並在客場盡力抑制對手得分來度過賽季，進而培育成一支以整體而言實力堅強的隊伍。

……哎，「妳這傢伙在客場也夠強的吧！」這句吐槽，對她來說八成不具任何意義，因此在這裡就不提了。

「不過，我希望自己在任何場合，都能靠平時的自己取勝就是了。」

然而出乎意料地，正如英梨梨所指出的，要視情況選擇戰術，使用在賽季一路勝利的戰略，那種既有效率又有效果的思考方式，我實在不擅長。

「那不可能啦……像我、甚至是霞之丘詩羽都有背地裡的另一張臉孔。我們都戴著面具。」

但是英梨梨要我改變。

她要我在社會上活得更精明。

……意外地，從我們分道揚鑣的那時候，就一直如此。

「不過……」

「嗯？」

「先不提妳和學姊，加藤就完全不會那樣耶。」

「…………」

沒錯，也有人從一開始，就根本不懂那些戰略和戰術。

「那傢伙比我還要表裡如一，在主場和客場都用相同的戰法啊。」

「………………！」

沒錯，而且她既不會意氣風發也不會洩氣退縮，無論何時何地都能淡然地在任何狀況下應付對手。

「我啊，對於她那種特質，就某方面而言算是挺欽佩的……」

「…………………………！」

沒錯，正因為如此，雖然路線和我完全不同、雖然那可能什麼都沒有多想，但是對加藤那種顯得不將效率和效果放在心上的作風，我或許懷有一種類似崇拜的共鳴。

「不過，也因為那樣，她給人的感覺始終平平就是了……咦，奇怪？仔細一想，似乎還是英梨梨妳說的有道理……」

「和我求助時講了那麼多，結果，你的結論是那個（惠）喔……」

「……咦？」

結果，當我想肯定英梨梨的意見時，她卻莫名其妙地發飆了。

「我看你約會的對象就是加藤吧！對吧？」

「又要扯回去喔？」

「好了，媽媽不生氣，你老實招出來……！」

這麼說著，當英梨梨就要把魔掌伸向書架上的模型的那個瞬間……

叮咚～

「哎呀！暫停，有客人有客人！」

門鈴響得正是時候。

真的好險。假如那個被她拿來扔，這次我們的決裂肯定會嚴重到一輩子也無法彌補。

不過，這種時候是誰會來……？

「該……該不會……糟糕。」

「……糟糕？」

這麼說著，英梨梨連忙跳上我的床，然後從窗簾縫隙窺探外面。

畢竟，從這個房間的窗戶可以看見玄關訪客，對她來說是十年前就掌握到的房屋特質。

可是為什麼英梨梨要這麼慌張……？

「欸，不會吧！怎麼是她來？」

「……她？」

於是，聽了英梨梨那句彷彿大出所料的驚呼，我也跟著窺探外面狀況。

在那裡……

「……詩羽學姊？」

似乎有個留黑長髮、只有外表顯得文靜的美女，手裡正拿著花束站在玄關。

第三章　啊，不過會發生**冤家**碰頭的事件，表示還在共通**劇情線**吧？

「那麼，打擾了。」

「不好意思，我房裡很亂……」

說著，我開門將詩羽學姊領進房間，同時也戒慎恐懼地將理應沒有人在的房間審視一遍，並沒有多看那位來探望我的年長女性。

「哦，整理得比想像中整齊不是嗎？姑且不提房裡的御宅類物品比率。」

「嗯，還好啦……」

的確，房間裡經過整理。主要是跟剛才比。

桌上吃到一半的水果盤還留著，不過小碟子和玻璃杯確實各少了一個。

書桌上和原稿有關的紙張都收得乾乾淨淨，除臭劑的氣味也許是來自重重顧忌。

地毯沾到的綠色痕漬還保持原樣，不過那實在沒辦法。

嗯，掩飾得天衣無縫呢，英梨梨。

『欸，倫也！你帶霞之丘詩羽到外面去！十分鐘就好！』

『呃，怎麼帶？』

『就說沒有飲料所以要去便利商店之類的，隨便想個藉口就可以了嘛！』

『原……原來如此，所以，我為什麼非得那樣做？』

『那還用問！我要趁那個空檔回家啊！』

『原……原來如此，所以，妳為什麼那麼排斥被詩羽學姊發現？』

『誰叫那個人看到我，肯定會用平時那副老神在在的臉藐視我！看她講話時那種「我什麼都了解喔，澤村」的眼神，我就火大得要死！』

『妳們兩個的關係真夠麻煩……』

唉，這段互動是發生在大約十分鐘前。

在那之後，我就照英梨梨的提議，將學姊帶離玄關，到附近的便利商店買東西順便抽獎品，然後步調稍慢地回到家裡了。

「啊，雖然這些水果是我吃剩的，請用。」

「這麼多啊……有誰來探病嗎？」

「……想到可能有客人會來，我自己買好預備用的。」

對了，有件重要的事我忘記提了。

百般遺憾地，我抽到的是F獎。

※　※　※

「哎呀，這香瓜真好吃。有資產階級的味道。」

「……所以，為什麼學姊知道我感冒了？」

詩羽學姊大概到現在還拋不開疑心，一邊嚐著水果、一邊將話說得若有深意。

「加藤傳了簡訊給我，在中午過後。」

「原來如此……」

照加藤那樣，肯定是當成和社團成員聯繫，十分淡然地將這項資訊散播出去的吧。

換句話說，英梨梨也有收到我生病的消息才對……她還說自己不是來探病。

「加藤好像也猶豫過要不要來探望你，但是她說所有人都過來只會讓病人疲倦而已，所以就打消主意了。」

「……唉，這樣啊～～」

然後，詩羽學姊一面喝著冰咖啡、一面將重要的訊息脫口而出。

順帶一提，學姊用的玻璃杯，很遺憾的是挺普通的市售品。

好不容易設法在雜誌辦的讀者贈品活動中，抽到了《戀愛節拍器》的角色馬克杯，我本來想拿來給她用，豈知卻被作者本人婉拒了。

既然如此，那也沒有辦法，所以那個馬克杯目前插了一朵學姊帶來探病的花，被供在桌子上。

呃，總之那些沒用的資訊在目前都無關緊要……

「……你不滿意？」

「沒有，並不會。」

唔，並不會……我頂多只有一點點不滿而已。

該怎麼說呢～那傢伙散播情報的對象，一個個都過來露臉了，只有將第一手情報傳述出去的重要當事人沒任何行動耶。

呃，雖然爽約的是我、硬要約她的是我、冤枉她親戚的也是我，追根究柢，將她拉進奇怪社團的還是我。

……等等，這樣一想，那傢伙對我還真是不離不棄。好比右耳被性騷擾發言玷污，就會奉上左耳讓御宅族話題玷污的聖人。

「嗯，虧欠的部分，下次再用約會補償不就好了。你們兩個。」

「她連那種事都寫在簡訊嗎？」

天啊……妳連那個約會都散播出去了喔？加藤……

難道說，以後要是有人認真迷上那傢伙，也會被她用聯繫社團成員的淡然態度，將那份真感情散播給所有人知道嗎？

說不定加藤惠這個女生，明明就單純好懂……不對，應該說正因為單純好懂，在追求時門檻才高得亂七八糟……

「…………別傻了，加藤她怎麼可能將那種事寫在簡訊裡。」

「就是嘛～～！」

結果，我那些疑心生暗鬼的想法，詩羽學姊用一句話就抹去了。

那檔歸那檔，為什麼她說那一句話，要延遲那麼久？

她為何要看著我的臉，還似笑非笑地揚起嘴角？

難道學姊就那麼期待看我動搖……嗯，我想她八成樂在其中，絕對是。

「我是直接從她口裡問出來的。有點事打電話找她的時候。」

「然後加藤一下子就說出來了嗎？」

「嗯，她確實一下子……就中了我的誘導式詢問。」

「好恐怖！」

「不要緊，我留意過用詞。她本人肯定沒有說溜嘴的自覺喔。」

「有夠恐怖！」

專門攻陷他人心防的阿詩小姐——霞之丘詩羽，今天她的心依然黑得和那頭長髮一樣。

「話說回來，我今天第一次和加藤聊了許多事，相當愉快呢。」

「基本上我們明明每個星期都在開會，我覺得學姊和英梨梨都不找加藤講話才是問題。」

「誰叫她是倫理同學的最愛呢？換句話說，她那樣就像製作人的主打女星；或者硬要捧紅的女星；或者擺明了就是情婦，散發出一種不可觸碰的存在感，所以製作班底也都無法過問。」

「根本沒有那種事，還有妳們完全沒把我當上司，還有妳們過問的部分可多了不是嗎？」

哎，先不管詩羽學姊說的妄言，假如我做的遊戲在同人界大紅大紫，吸引到業界廠商，開始進一步大張旗鼓時，我想我也得小心別真的像這樣落人口實，嗯。

「好啦，不管那個，那妳們聊了什麼？」

「聊什麼……只是聊一些普通的女生話題啊。」

「但我首先就無法想像詩羽學姊聊的『女生話題』會是什麼樣子。」

「再怎麼聊，總會先提到男生嘛。」

「我有不好的預感，但是不免俗地會聊那個沒錯。」

「比如她對倫理同學有什麼感覺之類的。」

「朋友，淡如水的朋友。」

我對自己預測的答案有自信。

無論學姊怎麼激加藤，都沒有讓她回答其他答案的因素。

就事實、個性、以及那傢伙的認知來說都一樣。

「還有你們進展到哪裡之類。」

「一起去過最遠的地方是和合市。」

下次補償她時，頂多可能去再遠一點的地方而已。

「哎，我們東聊西聊，就熱絡到連時間都忘了。」

「聽到這裡，我感覺不出有任何一項能聊得熱絡的要素就是了……」

「接著話題就切入核心，談到了我和倫理同學的初體驗……真的，那時候好痛喔。」

「並沒有！並沒有初體驗！我們並沒有做過任何會痛的事情！」

「不要緊喔，因為我痛的是心。」

「那一樣有問題啦！拜託妳不要那樣散布流言猥語……蜚語啦！」

「就那麼沒有真實感嗎？加藤都照單全收了耶。」

「呃，相信的話問題會更大啦！饒了我吧……！」

劇毒的詩羽學姊和無色透明的加藤……

這兩個人摻在一起，說不定會成為誰也發覺不了的最強暗殺兵器？

「嗯，總之我們東聊西聊，那段時間過得十分有意義。」

「呃，剛才那些對話哪裡有意義……？」

「我覺得，我稍微探出加藤惠這個女主角的形象了。」

「咦……？」

我在恍然間回望詩羽學姊，發現她眼裡的光彩在不知不覺中變了。

「性格、言行、具特徵的台詞、興趣、喜歡吃的東西、喜歡的顏色……」

那和她平時飽含毒素又顯得挖苦的冷冷目光不同，帶了一絲絲熱度、一絲絲認真、彷彿也帶了一絲絲害羞……

「生日、血型、三圍……我從她那裡問到了許多資訊。」

「呃，總之能不能告訴我最後那個？」

「你現在先聽我講。」

「好……」

所以，即使我耍笨問這個來掩飾害羞，她也不允許我岔題。

「這樣子，設定角色需要的個人資料，就大致齊全了。」

那是她實際進行創作時的創作者眼神。

「雖然確實像倫理同學說的，一項項資料都缺乏特徵，角色性無法否認的薄弱。」

剛認識時，面對我醜態畢露的粉絲目光及言行，不習慣應付書迷、而且作家資歷尚淺的她，就是用那種熱情又略帶害羞的目光對待我。

「不過，將那一項項濃縮以後，稍稍誇張扭曲，再微調得離譜一點，我覺得就能樹立成故事裡的角色了。」

即使平常都自居為冷靜的諷刺者，她終究還是作家，只要剝掉表層，不長眼的中二病資質就沉睡在其中。

在將自己滿溢而出的妄想灌注於作品的構思階段裡，她根本擺不出評論家那樣的目光。

「那表示……」

換句話說，現在……

「嗯，我差不多要開始動筆了。」

「詩羽學姊……！」

對她來說，創作的時候已經到了。

「先從第一女主角的角色設定和劇情大綱開始動工……可以嗎？」

「謝……謝謝學姊！妳這樣探病最棒了！」

真的，對現在的我來說，沒有比這個更好的禮物。

就算帶了桃子罐頭或香瓜過來，學姊在本質上，就是和當著我眼前畫其他同人原稿的傢伙不一樣。還有帶整人用的梨〇汽水來簡直是胡鬧。

「你不用這麼感激。純粹是業界的工作終於告一段落了，我才想趁現在先將這份差事收拾掉而已。」

「不會，學姊最可靠了！說來說去，詩羽學姊還是很溫柔。」

是啊，最近被那副毒舌刮到太多次，讓我都忘了。但是霞之丘詩羽這個人，基本上是個十分貼心溫柔的學姊。

「沒那種事喔，我只是對敵人和自己人的差別比較偏激一點。」

「對啊對啊，活像黑道大哥！」

「你被逐出本幫了。」

「老大？」

※ ※ ※

於是，之後我們的話匣子也越聊越開，比如最近的輕小說業界動態、對於責任編輯的壞話、

行銷和編輯針對新作出版印量的拉鋸攻防，聊得停不下來。

呃，雖然我也不是沒想過，後半段那些透露給我這種普通人知道到底有沒有問題？

「那麼，在病人家裡待得太久也過意不去，我差不多要告辭了。」

「這樣啊……」

哎，先不管那些，詩羽學姊不到三十分鐘就爽快地離席了。

這種乾脆的作風，和某個不懂得表示關心還拖拖拉拉待了很久又根本不打算回去的某人，從本質上就是不一樣。

真的，明明只差一歲而已，為什麼學姊能這麼成熟？

……連她變成敵人時的棘手度和卑鄙度和黑心度，都一起算在內。

「設定和大綱，最初的截稿期限先訂在下星期可以嗎？」

「夠快了。謝謝學姊這麼忙還撥出時間……」

「不會，沒關係喔……因為我也滿高興的。又能和倫理同學合而為一了……」

「不對，我們並沒有合而為一啦。話說回來，『又能』是什麼意思？拜託妳不要把過去捏造得好像因緣匪淺。」

「只是個小小的比喻，不是嗎？」

「被現役作家比喻得這麼感情豐富，很容易造成誤會啦！」

還好對加藤並不是那麼有效果，但我深深感覺到這在其他地方已經有造成大問題的跡象。

「不過，高興是真的喔。畢竟和你又有了往來，雖然我想她也一樣。」

「呃，可是我一次都沒有和詩羽學姊斷絕關係的意思。」

唉，就先不提英梨梨那邊了。

不過，既然學姊樂於和我往來，早點加入社團就好了嘛。何必挑我那份爛企畫書的毛病。

要是多添這麼一句，又會讓事情變得複雜，因此我刻意不講。

「……嗯，從作品讀者的觀點來看，或許是那樣吧。」

「……學姊說的是什麼意思？」

可是詩羽學姊卻沒有像我一樣，把感覺多餘的那句話吞下去……

那是什麼意思？

總覺得聽了很不安耶，學姊？

而且，是窒息感強得讓我坐立難寧的那種不安！

「欸，倫理同學……不對，倫也學弟，記住我這句。」

「學……學姊……？」

於是，詩羽學姊大概看穿了我內心的焦慮，她站到我面前，直直望著我的眼睛。

「為了你，我什麼事都肯做喔。」

「咦……咦咦……！」

緊接著，她冒出一句示愛般的挑逗台詞。

而且，是在似乎能迎面感受到呼吸的近距離。

「……嗯，只要在時間、金錢、精神上都遊刃有餘的話啦。」

「感覺突然變得很普通耶？」

結果，我那股焦慮，詩羽學姊又用一句話就當面抹去了。

所以說，為什麼只補一句話要延遲那麼久……？

「好啦，有空時我就不會吝於幫忙喔，和以前一樣。」

然後，她將目光稍稍偏向我的右側，淺淺地露出邪惡無比的笑容。

因為這樣，學姊的氣息又驀地吹在我的右耳。

這又讓人舒服得心癢難耐了。真受不了。

「對不起……我頂多……只能向學姊奉上自己的小指。」

「不必再接之前的黑道梗了。」

「啊，是喔？」

像那樣，詩羽學姊早已恢復本色。

「那我走囉。」

「啊，我送學姊到玄關……」

「不用啦，病人乖乖躺著。」

她若無其事地轉身背對我，立刻就出了房間。

乾脆得幾乎讓人納悶，剛剛那種煽情的態度究竟是怎麼回事……算了，這個人的隨興也不是今天才開始的。

「啊，還有……腳踏車也該藏起來呢。」

「腳踏車？」

「那我走了。」

「啊……」

結果到最後，詩羽學姊又撂下一句類似伏筆的台詞，並且帶上房間的門。

接著，緩緩走下樓梯的聲音、以及玄關的關門聲響起。

移動到窗邊的我拉開窗簾，就看見學姊的背影出現在玄關外，隨即被黑暗吞沒。

不知不覺中，外頭已經完全入夜了。

「…………呼。」

我待在變回一個人的房間裡，像要鬆口氣似地，緩緩發出嘆息。

上午，我還以為今天是個只能感冒臥床的無聊日子，下午卻來了許多人也發生許多事。

煩人的事、感激的事、對心臟不好的事、以及高興的事……

在那當中，我的企畫終於開始運作的事實，讓應該還在生病的我大為振奮，發燒的熱度似乎又高了一些。

因此我的頭變得有些昏沉，不過現在沒有別人，正好可以一頭倒到床鋪上。

睡覺好了。然後，我要將休息轉變成明天的動力。

過完這星期，遊戲製作工作總算要正式起步了。

接下來才沒有空讓我耽擱於區區小病。

啊，順便也要面對「六天場購物中心問題」才行……

窸窣。

「……？」

結果，在我對下星期抱著決心，將手伸向電燈開關的剎那……

窸窣窸窣窸窣窸窣。

「啥……？」

房間裡響起不是蟬、不是冷氣、不是筆、而且略顯大聲的奇怪動靜。

嘎啦……嘎啦嘎啦嘎啦！

那種怪聲還變了調、變了音量大小，但只有方向不改，依然從房間西側傳來。

不過，那一邊並沒有鄰接的房間……

叩！

「啊……」

在那裡，只有衣櫥的門……

「～唔？」

「……妳沒事吧？」

那裡只有塞滿抱枕、從內側無法輕易打開的衣櫥門板而已。

磅磅磅！磅磅磅匡磅磅磅匡匡！

「……好了啦，別砸掉我的房間。」

換句話說，要打開衣櫥只能從外側而已，所以我一面扶著越來越昏的頭、一面將手伸向那扇門，用力拉開門把。

於是乎……

「痛痛痛痛痛痛痛……！」

「妳每次來我的房間都要撞頭才肯罷休嗎……？」

我從衣櫃裡將兩手捧著抱枕的金髮女拖出來了。

「啊～差點悶到中暑。」

「妳不是回家了喔……？」

她比我這個病人還要汗流浹背、又滿臉通紅……確實從各方面來說都顯得一頭熱。

「那……那個女的，真的沒有人比她更陰險了……還說什麼『為了你，我什麼事都肯做』！」

啊，原來如此，詩羽學姊剛才那種煽情的態度……原來是刻意做給她看的。

不對，除了那以外，我記得學姊還說過很多意有所指的話。比如「資產階級的味道」、「所有人都過來探病」、「腳踏車也該藏起來」之類……

這兩個人也太心有靈犀了吧……雖然我疑惑過很多次，可是她們真的感情不好嗎？

話說回來……

「我原本還專程為妳爭取溜走的時間，妳為什麼沒回家？」

「啊～不是啦，我收拾杯子和其他東西就錯過時機了。」

「……真的嗎？」

「我……我哪有理由要說謊？」

「…………」

「…………」

我無法斷言她沒有理由，應該說她的理由多得不像話。

「唉，夠了。妳回去。」

不過，今天先到此為止。我累了。

「還用你說！」

回嘴之餘，英梨梨大發脾氣，反應樣板得十分適合用「氣呼呼」這種幼稚的修辭來描述，同時她更重重地跺腳，準備從房間離開。

「啊，還有！」

「妳還有事要講啊……？」

「下星期，我也會開始畫角色設定……畢竟同人的原稿感覺在明天就能處理完了。」

「是喔。」

「喂，你那什麼敷衍的態度？霞之丘詩羽說要動筆時，你明明就那麼高興！」

「……呃，真是得救了。我好高興～～妳這樣探病最棒了～～！」

「所以說，為什麼感謝我的時候就要毫無感情地把語尾拉長啊！」

「呃，這個嘛……」

因為這傢伙答應幫忙的理由，未免太明顯了……

「先說清楚，我一開始就是那樣打算的喔。才不是受了那個女的刺激或者要跟她對衝喔。」

「啊～～是喔。」

不，她肯定是受了刺激，也十足有對衝的意思。

「……你的意思是不信？」

「無論理由是怎樣，對我都有幫助。謝謝妳，我相當期待。」

「……唔。」

「那麼，下星期再見。」

「哼！」

結果，大概是最後這段聽似認真的答謝生效了（呃，雖然我確實由衷感謝啦），英梨梨終於稍微消了氣，這才快步走出我的房間。

她臨走之前，還用力拉了門把……

「慢著，那個留下來。」

「嘖。」

她挾在腋下的抱枕卡在門框，門板沒辦法帶上。

這傢伙一出手，居然就挑到衣櫥裡收藏價值最高的貨色……

第四章　**我**也不太會講，**感覺**就怪怪的嘛~~　#聽了會氣得想宰人的**台詞**

「上週末真的很抱歉！」

「…………」

隔週的星期一。

我動用全副五感，在人群中發現了低調地匆匆由車站走向學校的加藤，便立刻用衝的追到她後面。

……呃，雖然我想那並沒有刻意低調，不過加藤這個人挺難發現的耶。

「下次我絕對會補償！拜託妳息怒！」

「…………」

然後，我在追上人的瞬間就試著像這樣負荊請罪，對方的反應卻不盡理想。

加藤將嘴巴閉成一字型，視線直直對著我，幾乎毫無反應。

哎，雖然也不是不能把那當成她平時的淡定態度，重要的是她不肯回話。

「怎……怎樣啦？難道說，妳有那麼生氣？」

「啊，不是……呃，我有點感動。」

「感……感動什麼？」

「就是安藝你那樣的個性，也會對我低聲下氣。」

……結果，我隨後就發現那十足是加藤才會有的反應。

「呃，但我覺得自己並不是那麼高姿態的人耶？」

「嗯，我有同感，你對我以外的人並不會。」

「……因為加藤對我來說是獨具意義的第一女主角，這樣解釋可不可以？」

終究還是老樣子的日常讓人感到安心，不過我姑且也做了反省，並發誓自己以後會對加藤再好一點。

首先，就從「挺難發現」、「埋沒在人群裡」、「有小角色的味道」，這一類微妙地失禮到極點的側寫開始節制好了。

……呃，「微妙」和「極點」不能並用啦，微妙地不合邏輯。

「對了，我才想和你道歉，因為沒辦法去探病。」

「不會啦，沒那回事。」

昨天我已經出現過「啥？我又沒有等妳來探病！基本上，妳過來也只會添麻煩而已！」那種青澀調調的言行，所以今天就省了。

「我本來也想去的，結果在商量過以後，還是打消主意了。」

「我懂啦，是詩羽學姊阻止妳的吧？」

「不對，是澤村同學喔。」

「啥？」

「畢竟我們之前在你家碰過面，所以我也邀了她，看她這次要不要一起去探病……」

「……後來她怎麼說？」

「她說你的感冒性質很惡劣，感染性高到在小學的時候曾經讓全班病倒，所以要我別去。」

「……哦。」

小學時的我是什麼來頭的生物兵器啊？

不過，這樣我就明白，昨天英梨梨在詩羽學姊到我家時，那句「怎麼是她來？」的箇中含意了。

那傢伙的腦袋裡，當時只惦記著有可能跟加藤碰個正著……

「早安，宅男宅女。」

「啊，早安。」

「早，咪子。」

和女同學一號道早安之餘，我一面在腦子裡拚命整理兩個女生昨天較勁的內容。
難道學姊成功把英梨梨比了下去，而且還幫忙掩護她？
我這個社團是在搞什麼沒意義的鬥智戲碼啊……

「嗯，我聊了很多事。和霞之丘學姊。」
「哦。」
接著話題又毫無要點地換到詩羽學姊身上。
「不過，那樣就等於和大名鼎鼎的霞詩子老師聊過天耶……感覺好光榮。」
「妳們每星期都會見面吧……」
何止見面而已，妳還受過她的演技訓練，但兩個人之間的關係卻有這種距離感。
這就是「段數」的差異嗎？
「不過，她真不愧是作家，聊天時妙語如珠耶～」
「妳體會得出那個啊……」
倒不如說，詩羽學姊能和加藤這樣的人聊得妙語如珠，果然是個厲害的創作者……創作者？
「對了，加藤……」
「嗯？怎麼樣？」

在那個瞬間，我想起一件要緊事。

「學姊是怎麼說我的？」

「咦？」

『接著話題就切入核心，談到了我和倫理同學的初體驗……』

我想起學姊是個優秀的創作者……兼惡劣的吹牛女王。

「呃，雖然我想不至於啦，但她有沒有把我說成狠心的男人，或者喪盡天良，或是提到諸如此類的壞話、八卦、真相……」

「……那些話果然也包含真相啊。」

「她有說對吧？」

「唔，這個……還好啦，提到一點點而已。」

「妳快說！全部給我招出來！」

「那……那不可以。我們有訂女生間的協議，所以不能說啦～～」

「加藤，要是妳受到學姊的威迫，我可以陪妳商量喔。」

「那麼受了安藝的威迫和性騷擾還有宅騷擾，有誰可以陪我商量啊？」

可惡，不愧是詩羽學姊，像加藤這種角色，根本被她封口封得死死的。

咦？剛才發的誓？我有講過什麼嗎……？

「噢噢，倫也幫，來得真早。」

「嗨，你反而晚了。今天不用晨練嗎？」

「早安，永島。」

先不管那個，我和隸屬橄欖球社的男同學二號如此道早安之餘，又忽然想到一點……

最近，同學們對加藤的觀感好像終於有了改變。

……並非當成我的朋友或女友，那種調調是把她當成我的御宅圈同好之一了。

※　※　※

一如往常，放學後的視聽教室……

大小差不多等於兩個教室相連在一起、擠一擠大概可以容納一百人的寬廣室內，今天同樣能聽見寥寥四人亂響亮的說話聲。

宛如要證明「視聽教室」這個名稱，教室的四個角落都有大型液晶螢幕坐鎮，而天花板掛了彷彿統御著那些螢幕的投影機，教室正前方則是一面特大號的電動投射幕。

此外還有，教室後面鄰接的，是以厚實玻璃窗區隔開來的播控室兼視聽準備室，有活動時就可以當成迷你劇院，舉辦動畫馬拉松播映會。

像我們這種默默無名的社團（確實沒取名稱的層面也算在內），可以每天占據備齊昂貴器材的這塊地方，當中有很深的因素。

由於我從一年級就主張：「我是最能駕馭視聽教室的人！」而大肆利用這間教室的關係，全是機械外行的老師們，都如獲至寶似地把我當新人類對待。

多虧如此，每個老師用這間教室的器材上課時，要是出了什麼狀況，一律都會從播控室立刻開廣播叫我過來，不知不覺中就營造出由我占據這裡也沒人敢講話的輿論空氣了。

「那麼加藤同學，這次要麻煩妳擺個憋著火的表情。」

「憋……憋著火？」

「好啦，就是碰上一些不愉快的事情時的臉。會稍微鼓起臉說：『那算什麼嘛，不理你了！』像那種感覺。」

「咦？咦？」

「欸，我現在要的不是慌張失措的臉啦！趕快讓自己火大，憋著火！今天之內不掌握到所有表情模式不行啦！」

「好……好的！」

就那樣，放學後在視聽教室集合已經變成慣例，會有怒罵聲來回交錯也是慣例。

話雖如此，今天有一個部分跳脫了慣例……

「欸，加藤同學……妳擺那種像是在治療蛀牙時塞了棉花到臉頰裡的撲克臉，我還是很困擾耶。就不能更生氣一點嗎？」

「對……對不起，澤村……呃，那是像這樣嗎？」

即使怒罵聲的來源是同一個人，繃緊神經挨罵的人卻不一樣。

「……妳那樣，就是照目前狀況該擺的『有點過意不去的表情』啦。」

「好……好難喔。」

加藤打直背脊，臉色緊張地在椅子上坐得又正又挺。

另一邊的英梨梨同樣坐在椅子上，眼前還豎著大塊畫布，並且用鉛筆飛快地在上面揮灑。

另外，英梨梨這邊的姿勢極度不良，畫布和臉離不到十公分。

因為這傢伙在眾目睽睽下是絕對不戴眼鏡的。

「想像一下……比如妳被倫也罵了很過分的話，或者被他性騷擾的那個瞬間。」

「我沒做過那種事！完全、絲毫、一丁點都沒有！」

「抱歉，安藝，你那再怎麼想都是謊話。」

「啊，妳的表情又變得淡定了……唉唷，重新再來過！」

「噫！」

哎，先不管那些，這個狀況簡直像畫家在對模特兒下達細部的表情指示，只認識英梨梨平時德行的人來看，肯定會覺得這是不折不扣的美術社社團活動。

倒不如問，有多少人能發現，其實這是在進行美少女遊戲的角色設定作業……

「還有倫也！」

「噢！如果有什麼我能幫忙的事情……」

「我要檸檬茶。」

「咦……？」

「雖然我想你應該知道啦，要買○頓以外的喔。那個牌子太像紅茶，不合胃口。」

沒錯，這是遊戲的角色設定作業。

我發案的企畫，終於開始運作了。

所以囉，才會有這麼重要的事情交派給我……等等，喂。

「我說啊，我可是這個企畫的製作人兼總監……」

換句話說，我在這個企畫乃至於工作現場，都是不可或缺的人物。

「啊，對喔，聽你一說確實是那樣呢。」

說著，或許英梨梨總算是理解我的意思了，就「啪」的一聲拍了手……

「加藤同學，妳要喝什麼？」

「唔……咦？」

多親切啊，她連加藤的需求也一起問了。

「倫也總不能只買我的份啊。那樣會讓現場的氣氛變差，再說當總監就要平等對待所有成員才可以。」

「是那樣嗎，安藝？」

「……加藤妳喝咖啡可以嗎？」

這時候要是反駁「哪有那種事！」，會讓現場的氣氛變差，再說當總監就要平等對待所有成員才可以……

「那你幫我買咖啡歐蕾。」

「我知道了……」

結果，加藤既客氣卻又不推辭英梨梨的提議，很像她的作風。

「啊，我給你錢……」

「沒關係喔，加藤同學。這種情況，一般都是由製作人請客。」

「…………」

沒錯，我就是這個企畫的製作人兼總監，安藝倫也……

我現在，只需要細細地體會遊戲製作開始起步的喜悅，並且勤奮地做著自己辦得到的事就好了。

「啊，還要麻煩你，順便買些吃起來不會弄髒手的東西。」

「…………」

啊，好忙好忙。

「詩羽學姊……我買東西回來了。」

「…………」

學姊這裡，和待在窗邊的英梨梨她們是相反側。

靠走廊的最後一排座位，在夕陽也照不到的那個地方，有詩羽學姊默默敲著筆記型電腦的身影。

「學姊喝黑咖啡可以吧？來。」

「…………」

敲鍵盤的手沒停。

然而，嘴巴卻比平時動得更少。

她真的默默投入於其中。

好厲害，我沒看過這麼專注的學姊。

「還有我也買了零食……肚子餓的話請用。」

「…………」

啊，不對，也許只是過去我並沒有實際待在工作現場罷了。

可是，她這專注的模樣實在不簡單。

這說不定，就是名作誕生的預兆……

「倫理同學。」

「嗯？」

結果，為了不妨礙專注的詩羽學姊而打算退居後頭的我，反而被她叫住了。

「有沒有甜食？」

「呃，如果Pocky可以的話，有。」

「那就給我那個。」

別說翻購物袋了，學姊的眼睛依然不離螢幕，手也一直不離鍵盤。

「好，東西在這邊，請用。」

所以，我希望多少讓學姐方便一點，就打開了Pocky的包裝，擺在她右手旁邊，然後再一次退居後頭……

「我說『給我』了耶？」

「東西就放在那裡啦。」

「這種狀況，你要我怎麼吃？」

「就用右手拿啊。」

「你還是一樣沒用……！」

「咦……？」

當我才納悶詩羽學姊怎麼會開口臭罵我，還發出一聲咂舌，鍵盤就敲得越來越快、越來越猛了。

回神朝螢幕一看，文字正用眼睛跟不上的速度顯示在上頭……

『什麼嘛，兄長是軟腳蝦！膽小鬼！沒骨氣！』

『妳自己可以吃吧，瑠璃？妳今年幾歲了啊……？』

『不是那種問題！我都說自己忙得手分不開了……！』

「……呃，學姊，妳現在真的在寫劇情大綱嗎？」

話說這個狀況，講白一點就是「我很忙啦（餵我吃）！」……？

「…………」

「…………」

對於我那項疑問，詩羽學姊也沒有反應。

只有螢幕上新添的妹妹角色的台詞變得越來越激動，而且越來越幼稚而已……

「…………」

「呃，意思是，要像這樣嗎……？」

所以，我從包裝裡抽出一根Pocky，然後留意著不擋住學姊的視線，拿到她的臉旁邊，再將前端伸進她的唇……

「唔哇？」

咔哩咔哩咔哩咔哩。

就在那個瞬間。

我還來不及退縮，拿在手裡的Pocky就被吃得一乾二淨，她只將沒裹巧克力的部分留了下來。

這是哪門子的地獄Pocky遊戲啊？我還以為會連手指都被啃掉。

於是，在我想著這些的空檔，學姊擬出的情節進度也越來越多，螢幕逐漸遭到新台詞蹂躪。

『兄長！再一口！再一口！』

『妳是多愛撒嬌啊……？』

「學姊……」

「…………」

無論講話或設計台詞，難道這個人都不顧形象的嗎？

呃，或者這就是作家的天性……總覺得也不對就是了。

「唔……那麼，再來一根。」

咔哩咔哩咔哩咔哩。

「欸，拜託不要吃得那麼急啦，學姊。」

可是到第二根，我大致也習慣了。

簡單說，與其把這稱為Pocky遊戲，當成餵鯉魚就好了……

啪嘰！

「呀啊！」

……在我又變得從容的瞬間，這次換成從教室相反側，傳出乾硬木頭斷裂的聲音、以及加藤的驚呼。

「糟糕，素描用的鉛筆斷掉了。總監，你現在立刻去買。」

「英梨梨……」

要折鉛筆也不要整根折斷，折筆心就好啦……

※　※　※

於是，社團活動在那之後依然順遂……

「什麼嘛？加藤同學，你連給人白眼也不會嗎？」

「普通人都不會啦……」

英梨梨的憤怒指數……仍持續上升，氣得讓人懷疑是不是還剩兩階段變化。

「真沒辦法，那接著換生氣的表情……妳擺個額頭上感覺有生氣符號的臉。」

「我說，澤村同學……」

「啥？那也不行？不然流汗符號呢？總不會連在臉上多三條線都辦不到吧？」

「那種問題還有『會』或『不會』的可能性嗎？」

「這樣我一張Q版角色的設定都畫不出來嘛！要怎麼辦啦……？」

「對……對不起……？」

我想就算再厲害，也沒人擺得出那種臉吧……

※　※　※

「呵……呵……呵……」

「學……學姊……？」

「咯……咯咯咯……搞什麼嘛，這女生好扯，簡直糟糕透頂！」

接著，這次又變成詩羽學姊鬼上身了。

「哦呵呵呵呵……嘎哈，啊哈哈哈哈！」

她同時拍著鍵盤和桌子，還大動作地抖腳……這個人是誰啊？

「太慘了～～這兩個人要怎麼湊成一對～～莫名其妙～～」

「學姊？詩羽學姊？那……那個……妳還好嗎？」

昨天學姊還微笑說道：「為了你，我什麼事都肯做喔。」，那副面容如今已不復見。

面目全非的程度，好比同伴正在大喊：「開槍！快開槍，倫也！那已經不是你認識的詩羽學姊了！」而令我遲疑該不該一槍讓學姊痛快。

「啊哈！啊哈哈！咯咯咯咯咯……唔？欸，倫理同學！」

「什……什麼事？」

接著，總算聽見我呼喚的學姊又驟然色變。

簡直像……像那個一樣，從無表情的能劇面譜忽然變成般若鬼面的機械人偶。

「不要看這邊！什麼都別問！一句話都別說！」

「我感到十二萬分的抱歉！」

……難道說，《仙鶴報恩》是個紡絲織布時會變得像這樣瘋瘋癲癲的女織工，在嚇走男人以後，一把鼻涕一把淚寫出來的故事？不會有這種幕後祕辛吧？

話說回來……

創作者的心靈黑暗面，還真深奧……

※　※　※

「終於開始了耶～」

「就是啊～」

放學後順道光顧，已經一回生二回熟的木屋風格咖啡廳。

在那裡，有我和加藤為了慶祝遊戲製作起步，而舉辦小小慶功宴的身影。

「話說真的好累喔～」

「也對～」

……今天的社團活動毫不留情地磨滅了我和加藤的體力及精神力，讓我不得不從第一天就幫加藤打圓場。

證據在於，加藤看都不看菜單就一道接一道地點甜品，甚至還指定加淋小倉紅豆醬。對於這傢伙一反常態地「卯起來」的點餐方式，連我也不免重問第二遍。

「我覺得，我今天才算真正認識加藤同學耶……」

「是喔，那太好了。」

妳的受污染度比我少了十年份之久，多幸福啊。

「該怎麼說呢？原來，澤村同學其實是唯我獨尊型的人耶。」

「那傢伙的凶惡本性，妳終於懂啦……？」

英梨梨是凶惡，詩羽學姊是邪惡……

從這當中，同樣能看出國文的細微語感有多奧妙。

「可是安藝，你一臉了然於心地談那些，我覺得不太對耶。」

「也沒什麼好隱瞞的啊，受她荼毒得最深的人就是我……」

「反了吧？」

「反了？」

「安藝，你有沒有對澤村同學的人格培養造成致命性影響？」

「…………完全、絲毫、一丁點都沒有。」

起碼說是「重大影響」就夠了吧？我想這麼吐槽，不過講出口的話，也許就等於招認了自己的致命性罪過，所以（從整句話來說）我還是否認。

「要怎麼說呢？總覺得澤村同學每句話都有你的影子耶……所以就某方面而言也嚇到我了，但我倒不覺得困惑，應該說反而可以保持平常心。」

「就說那是心理作用啦，小心我宰了妳這個臭傢伙……不是啦，對不起。」

糟糕，被加藤批評得太慘，差點讓我人格分裂了。

為了讓心情冷靜下來，我將自己的冰咖啡一口氣灌進喉嚨。

咖啡順口的苦味，搭配蜂蜜、糖漿、牛奶和鮮奶油的強烈甜味，絕妙地在嘴裡擴散……喂，這鬼東西調得太不均衡了吧。

「好……好啦，英梨梨那邊我之後會想辦法……談點別的事情吧。」

「那麼，接著來開你的反省會好了。」

「我好難受……可以做的事情太少。」

「啊，抱歉。」

我想都沒想過，發揮不了存在感的自己會慘到讓加藤同情。

提到我今天的作為，就只有被英梨梨打斷而中途腰斬的活動前致詞，以及因為那兩個人匆匆離開而提早收尾的活動後致詞……

「好……好啦，你下次再加油就可以了吧？先進步到不會妨礙大家的程度。」

「發什麼戰力外通告啊！加藤，妳該不會以為我再也沒辦法嶄露頭角吧？」

「你會喔？」

「總監的工作接下來才要開始啦！」

沒錯，現在沮喪還太早。

我確實不會畫圖，也寫不出文章。當然更不會成為女主角（偽娘除外）。

這樣的我要在遊戲製作現場發揮存在感，只能靠監修成品、統籌內容及確認製作進度而已。

計畫剛起步，所以在目前這種既沒人停止作業、又什麼都還沒完成的狀況下，我沒事情做是理所當然的。

「原來如此，不愧是大人物。難怪有辦法將我硬捧成女主角。」

「呃，那部分不算總監的工作，而是製作人才有的甜頭。」

「呼嗯？」

「……啊，沒事。剛剛的當我沒說。」

不對，我原本想強烈聲明：「沒有任何一個業界會用硬捧的手法！那是都市傳說！」……看來我也累了。

「嗯，不過我還是要說，遊戲製作終於開始了~」

「對啊，嗯，終於開始了。」

「等工作告一段落，我想出去玩~」

「等等，喂，才剛開始妳就在盤算結束時的事喔？」

「啊哈哈，抱歉。」

「唔，不過上星期我也虧欠過妳……給我等著吧，六天場購物中心……！」

「……呃，假如你壓力那麼大，換其他地方也可以喔？」

「並沒有壓力啊？是誰散播那種謠言！要逛街或看愛情片都儘管來喔。」

「都說不用勉強了嘛。我去J〇YPOLIS（註：遊戲公司SEGA經營的遊樂場）也能夠玩得開心啊。」

「妳那是什麼高姿態的目光？真氣人！既然這樣，我就算賭氣也要去六天場購物中心！我會去甜點吃到飽的店然後只點一杯飲料！而且插兩支吸管！」

「呃，那個我沒辦法配合。」

「好，我贏了！」

「咦？剛才那算我輸？」

就這樣……

在這短暫時光裡，我們就像真正的情侶般歡談。

啊，還有……

我們兩個一直到最後，都沒有談及今天的詩羽學姊。

※　※　※

「……所以囉，這就是情節大綱的初稿。雖然還只有基本設定和第一女主角周邊的故事。」

「好快！」

然後到了隔天，同樣在放學後的視聽教室。

昨天的「ＴＨＥ．不可接觸者」霞之丘詩羽學姊，一面揉著明顯紅腫的眼睛、一面將夾子夾好的整疊紙張甩在桌上。

封面上，用了ＭＳＰ哥德字型、24pt大小的字體這麼寫著：

『由倫理同學為倫理同學量身打造的，富含倫理觀念的超健全美少女遊戲企畫（暫定）』

「……呃，這個暫定的標題是怎樣？」

「很健全吧。這樣就連腦袋生〇的ＣＥＲ〇（註：日本電玩遊戲審查機構）也挑不出毛病。」

「呃，審查的對象又不只有標題。再說同人作品和倫理〇構也沒有關係。」

基本上，完全還沒觸及遊戲內容，就幫企畫特地取一個新的暫定名稱有意義嗎……？

「嗯，總之，這個星期的作業進度姑且算結束了吧？」

「是啊……內容太充足了。」

我迅速翻過內容，幾張Ａ４紙全被文字填得密密麻麻，怎麼看都比我在黃金週寫出的企畫書多出一倍以上。

而且八成不只分量多，連內容都要密集好幾倍。

一個晚上就寫得出這些……商業作家也太……

「然後，呃，接下來我有點事想商量。」

於是，在我感慨得說不出話時，詩羽學姊露出有些過意不去的表情。

「唔，我的意思，並不是我討厭參加這個活動喔？只不過……」

「啊……」

「不過，要怎麼說呢？往後我還是想避免在這個地方進行作業……」

學姊交出這麼多的成果卻露出那種臉，我本來也覺得挺納悶，可是聽了她接著說出來的話，其中用意似乎就顯而易見了。

「啊，還有今天我也不會說要先回家喔。畢竟出社會以後，就算只有自己先完成工作又沒事能做，也要故意加班，配合效率慢的同事的辦公時間，不然就會被上司指為『協調性有問題』，評價變得還比無能的同事低，好像也有腐敗的公司組織是這樣的呢。」

「高中生不要把話講得那麼滄桑啦！」

……儘管一席話的語氣聽起來充滿歉意，那片毒舌卻仍然大殺四方，該說真不愧是詩羽學姊嗎？

「另外，還有一件真的無關緊要的事情，想稍微拜託大家……可以的話，要是能將我昨天的言行舉止忘掉就太好了。」

接著，學姊在最後提起誰都能看透的正題。

哎，雖然開場白非常冗長，但終於說出心裡話的詩羽學姊，眼裡顯得有一絲絲安心，以及一絲絲不安地望著我們。

「那種事情我並沒有放在心上喔。」

「真……真的嗎？倫也學弟……？」

「真的啊，就算會發出怪聲，又笑得怪裡怪氣，還抖腳抖到我們都不敢領教，詩羽學姊一樣是詩羽學姊嘛。」

「你根本就不敢領教、根本就放在心上嘛……」

由於那副不安的表情意外新鮮、也意外可愛，我忍不住就罔顧後果地踏進地雷區了。

然而，和我那種出於興趣的反應互為對比……

「那種毛病，對創作者來說不是見怪不怪的習性嗎？」

「澤村……？」

感覺最會拿這個話題刺激人的傢伙，反應卻異樣灑脫。

「在腦子裡創作東西，就是要將自己和世界切割開來，沉浸在不可能的妄想，然後傾盡心思去作啊。就算想的內容會稍微說溜嘴也不奇怪。」

「就……就是嘛。畢竟，我是在創作啊。我就是神。那樣子難免會變得傲慢，如果世界不能順自己的意，發飆也是當然的囉。」

「學……學姊……？」

於是，詩羽學姊對那句稀奇的幫腔產生共鳴，附和時的態度彷彿表露著：「哪的話，我可是神明。」

「所以我們才能支配，才會征服世界。畫家用顏色，寫手用語言。因為，我們能用的武器就只有那些啊。」

我心裡才剛想，神明就變成兩尊了……？

這兩個隱性中二病患者是怎麼回事？創作者全都這樣嗎？

「確實沒錯。也許那背離世界的常識，可是，寫作故事時我就不會那麼認為。要說的話，反而是這個世界才讓我覺得奇怪。」

「我懂……我懂！可是，世上偏偏就有人不花苦心，只會對別人的畫作挑毛病，還自視甚高地藐視作品，那種傢伙簡直多得……吼！」

而且她們還罹患重度的被害妄想？

「真的呢，對於那種低能兒……我也很想消滅他們。」

「我腦子裡有準備幾種消滅的方式。」

「澤村，妳偏好物理性抹殺或社會性抹殺？」

「哎，我主要都從社會性下手……也已經想好幾套把人逼上絕路的手法了。」

「妳在網路上具備多少支配力？」

「我腦內的超級駭客性能非常強喔，要秀一下規格嗎？」

「停！妳們兩個都夠了喔。」

為什麼只有聊這種腦殘的話題會合得來啊，這兩個人喔。

莫非這就是所謂的創作者腦……我完全無法融入那個世界。

啊，此外，雖然加藤今天到現在都完全沒有發言，我在這裡還是要做個聲明，她就在我旁邊像隻小狗般發抖。

……她人確實都在喔，一直都在。

※　※　※

於是乎，富含倫理觀念的健全創作活動，今天也開跑了……

「不行！根本不行！完全不像樣！暫時休息！」

「好～」

「欸，加藤同學，在這種狀況不要答得那麼開朗……」

「對不起……啊，對了，我有帶蛋糕捲過來，澤村同學妳要不要一起吃？呃，雖然是便利商店的便宜貨色。」

「認真聽別人講話好不好……哎，蛋糕我是想要吃啦。」

「我也帶了咖啡過來，喝黑咖啡可以嗎？」

「啊～可以的話，希望有牛奶。」

沒過三十分鐘，活動似乎就健全地卡關了。

「欸，澤村同學。」

「怎樣？」

「我的角色有那麼薄弱嗎？」

「很薄。」

「是哪個部分薄？有多薄？」

「全方位，而且還要薄不薄的。」

「是指我都沒表情嗎？」

「沒表情倒還可以塑造成不帶感情的角色。換作是妳，表情又沒有定型到那種程度，所以也不能當成綾○型角色（註：《新世紀福音戰士》角色之一，綾波零）來推。真的，我第一次碰到這麼不堪用的角色。」

「唔～～都沒有辦法幫到妳，對不起喔。」

「……妳也不會因為生氣而變臉呢。」

「咦，難道說，剛才那是為了激起我的情緒才故意挑釁的？澤村同學妳真厲害，會用好多種技巧耶～～」

「不管用的話，也沒辦法就是了。」

兩人之間聊的女生話題……也實在稱不上女生話題啦，她們針對角色性的探討，微微從教室另一邊傳來。

先不管那些沒建設性的內容，她們倆感覺變得挺要好的。

這是完全無進展的角色設定組唯一的安慰。

※　※　※

至於這邊，進度順利過頭的劇本製作組，目前狀況是……

「呼嚕……」

和昨天一樣，組長獨自坐在靠走廊的最後一排座位，正趴在桌上呼呼大睡。

有那兩個人爭論……應該說，有單方面訓斥的聲音在旁邊，真虧學姊還能睡得著耶。

哎，我猜她昨晚大概熬夜沒睡吧，這也沒辦法。

「唔……嗯……」

對喔，去年好像也常看到這一幕……

『學姊。』

『……呼嚕……呼嚕……』

『學姊，詩羽學姊。』

『……嗯～～？』

『差不多該起來了。』

『……怎麼了嗎？倫也學弟。』

『呃，那個……要關店了。』

『……現在幾點？』

『晚上十點。』

『是喔，還沒聊夠呢……我們換到家庭餐廳吧。』

『不對吧，妳直到剛剛都在睡覺。』

隨口說是意見交換會或書迷聚會或反省會，約出去見面以後，卻始終把我晾在一邊，自顧自地睡覺，那種事學姊做過不只一次兩次耶。

我懂了，當時她也是在前一天，或者連續好幾天都一直熬夜……

「唔……嗯。」

但是，我記得自己根本不覺得無聊。

畢竟那個時候，我手邊有《戀愛節拍器》。

而且，學姊慢吞吞地醒來以後，還會跟我聊故事的構想。

那時候，對於身為那部作品的熱情書迷的我來說，能那樣聽見在三小時裡僅僅只占三分鐘的下集提要和新角色資訊，就已經覺得心滿意足了。

「呼嚕……」

然而，是從什麼時候開始的呢……？

不，我自己也很清楚，是在《戀愛節拍器》接近完結時開始的。

我們兩個，就漸漸地避免像那樣單獨見面了。

那是學姊面臨作品完結而變忙的關係嗎？或者……

※　※　※

「真是的，之前妳明明還滿活靈活現的耶，加藤同學。」

「妳說之前……是指黃金週那次的遊戲體驗版嗎？」

「對啊，當時那個叫加藤惠的女生表情豐富又具備魅力，她到底跑去哪裡了……？」

「也……也沒有好到要那樣大力稱讚嘛……討厭。」

「反過來想，就是妳現在被批評得一文不值啦，別害羞了行不行？」

「嗯～可是，我自己也沒有特意做什麼改變的感覺……啊，硬要說的話。」

「硬要說的話？」

「還是要歸功於……那部劇本寫得很棒吧。」

「劇本……？」

「那部劇本，就連我這外行人也覺得很厲害喔。感覺裡面塞著各種面貌的自己，又有好多能激發各種情緒的台詞。」

「妳那樣說，就表示……」

「光是照著劇本演，我就能自然地笑、自然地變得開心，然後不知不覺中又變得難過、變得生氣……」

「什麼嘛，結果，還是要靠那個女的……欸，倫也！」

※　※　※

「咦……？」

於是，當我正在心裡嘀咕著：「變忙的關係嗎？或者……」的那個瞬間，英梨梨尖銳的聲音將我拖回現實。

「你在幹嘛！居然想碰睡覺的女孩子！」

「咦？妳究竟在說什……啊？」

接著，在我打算反駁欲加之罪而檢視起自己之後，就發現我的右手已經順手伸往無法辯解的方向了。

沒錯，我只差一點就要摸到學姊的頭……

「這……這是誤解！」

「還有什麼誤解，你這變態！」

「頭……頭髮而已！我只是想摸詩羽學姊的黑長髮！」

「那不就是看準了最大的萌點下手嗎！罪行反而更重嘛，你這變態！」

「咦？原來性騷擾的罪行輕重，是用那種觀點判斷的啊……」

「加藤妳不用吸收多餘的知識啦！」

「嗯……嗯～？」

太可怕了……

這就是透過回想場面造成的回憶補正效果嗎……？

■同人遊戲企畫書（第一版）

■角色（只有兩名主要角色。女主角預定會再新增兩～三名）

・主角（今生）：安曇誠司（十六歲）

轉學生。由於父母調職而搬家。容易得意忘形。

・主角（前世）：丙双真（十八歲）

誠司的前世（曾祖父）。責任感強且個性正經。

・第一女主角（今生）：叶巡璃（十六歲）

高中二年級學生。屬於較文靜而不起眼的類型，仔細看是個美少女。

・第一女主角（前世）：丙瑠璃（十二歲）

巡璃的前世（曾祖母）。双真的親妹妹。體弱多病、皮膚白皙。真心愛著哥哥双真。

■劇情概要

・主角誠司由於父母調職，而搬到某個地方都市。

・他在家附近的櫻樹坡道迷路時，和當地的少女相遇。

・轉學的誠司在班上和少女重逢。她的名字叫叶巡璃。

・某天，誠司和巡璃偶然在回家時走在一塊。他們經過那條櫻樹坡道。
誠司聊起兩人相識時的事，但巡璃說那是「重逢」。
離別時，巡璃嘀咕：『晚安，兄長。』
・之後過了幾週，兩人確認彼此的心意，變成情侶。
・然而在同一時間，巡璃的模樣正一點一滴地逐漸改變。
對誠司的異常執著、時而露出無意識的恐懼心、出生前的時代記憶。
彷彿在巡璃心中，還存有她以外的自我……
・而隨著記憶的回溯，巡璃逐漸想起以往的情意和族人間發生的事。
有一個令他們滅族的幕後黑手，至今仍存在於這座城市。
為了不讓真相洩漏出去，瑠璃本身被束縛於這座城市，這就是事實。
每當她記起過去，兩人身邊就會開始發生無法理解的事情。
・屢次遭遇生命危機，使他們兩人決意為守護彼此而對抗敵人。
巡璃喚醒瑠璃的記憶，究明事件真相。
誠司則干涉双真過去的行動，在過去「創出」新的記憶。
・經過一番奮鬥，危機遠去，誠司與巡璃……不，双真和瑠璃在歷經七十年後結為連理。
『我們以後也要永遠在一起喔，哥哥。』

「這改編得……還真是大刀闊斧耶。」

然後，到了詩羽學姊睡醒、社團活動即將結束的傍晚。

伴隨著那句台詞，讀完劇情大綱的英梨梨，既像佩服也像傻眼般地嘆了氣。

「與其稱為改編，這些內容幾乎都是原創的嘛。」

「嗯，畢竟原本的企畫書除了『讓加藤當女主角』以外，什麼資訊都沒有，我也不得已。」

「對不起，我鄭重賠罪，請學姊嘴下留情。」

原本那份內容空洞的企畫書，由輕小說作家霞詩子老師、亦即豐之崎學園三年C班的霞之丘詩羽學姊，用中二病味道濃厚的字句填滿了。

「我還以為，霞詩子只會寫糾結不清的戀愛故事。」

「對我這個只發表過一部作品的作家抱持那種刻板印象，妳覺得對嗎，柏木英理老師？」

「話說英梨梨，原來妳也讀過《戀愛節拍器》啊？」

「啥？我又沒讀過！只是照印象隨便講的而已！」

「呃，無論身為讀者或創作者，妳那發言都糟透了吧……」

英梨梨的說詞以各方面而言都不像話，不過，其實我也有相同想法，但這就是只能在這裡提的祕密了。

從霞詩子以往的作家色彩，的確想像不到這樣的寫作路線……

「加藤妳覺得呢？有沒有什麼意見？」

「呃……我覺得設定很講究。」

「……也對啦。」

每次都能做出讓人感覺：「唉，早知道就不問了……」這樣的反應，以某種意義來說也是相當珍貴。

「像這樣天外飛來一筆的劇情發展，在商業作品會被痛批，換成同人界反而容易造成正面的話題性。所以我這次想稍微挑戰看看。」

「嗯，確實有那種傾向耶。」

包裝上鼓吹是悠閒的萌系校園故事，掀蓋一看，卻發現又是戰鬥又是驚悚又是凌辱……最後一項和普遍級作品無關，因此先不管……

哎，總之，像那種中途背離原本類型的編劇走向，在上個年代或許還好，不過對於這年頭的商業作品來說，已經變成不能犯的禁忌了。

如果女主角上一刻還萌得讓人大嘆：「呼呼呼，○○超萌～～」下一刻卻突然慘遭殺害，御宅族這時候會有的憤怒可不能小看。根據在於動真格發火的我。

然而，原本價格便沒有那麼貴，更從一開始就被認同是「製作者本身偏好」的同人界創作，根本沒有禁忌存在。呃，雖然重點部位非得塗掉就是了。像抱枕和cosplay光碟寫真集這種特別容易遺漏打碼的東西更要小心。

何止如此，連以往建立起一段時代的名作，都絕對會安排一些讓劇情急轉直下的驚喜要素。

你騙人！不，我說真的。

「你覺得如何，倫理同學？」

「唔……嗯，我覺得這會很有趣。」

依製作方式而定，這部作品確實大有可為。

由於設定和布局都很講究，編寫劇本及文章需要相當能耐，不過基本上負責劇本的是我迷得五體投地的現役輕小說作家，敲定這一點時，對我來說就等於是神作問世的保證了。

而且最重要的是……

「第一女主角在前世是妹妹，而且怎麼看都有病嬌屬性，妳也太會算了吧……」

沒錯，如同英梨梨指出的，設定算得很精明。

被女同學叫成「哥哥」，除了可以讓她盡情撒嬌，還會被逼上（亂倫的）絕路，多麼令人心頭激昂。

「所以說，這個劇本的巡璃和瑠璃，都要讓加藤同學來扮演嗎？」

「嗯，我下筆時就是這麼打算。」

「咦？我一個人同時要當同學和曾祖母和體弱多病的妹妹啊？」

沒錯，而且在妹妹以外還添加了各種屬性，讓角色定位涵括得更廣……

「加藤……妳試著叫我一聲『哥哥』看看。啊，要叫『兄長』也可以喔？」

「咦，那什麼啊……？」

「快點！視線往上面瞟，邊呼氣邊說，要用甜蜜蜜的口吻！」

「可……可是我只有姊姊，所以不知道要怎麼演啦。」

「不然妳就把我當成圭一堂哥！啊，不行，那樣還是不可以！」

「安藝，你計較圭一哥的事這麼久，也夠了吧。」

沒錯，這也顧及了我定的作品概念：「將『加藤惠』這個女生的各種魅力發揮出來。」

發揮本身色彩之餘，又能確實達到客戶的要求……

不愧是詩羽學姊，毫無疏漏而優秀的專業水準。

可是……

「那麼就用這當決定稿，可以嗎？」

「…………」

「倫理同學？」

直到剛才，理應還能靠這份大綱產生各種妄想的我……

「……抱歉，再給我一點時間下結論。」

卻無法做出最後一句「ＧＯ」的判斷。

「為什麼？」

「呃，雖然內容很棒、很精彩、很完美，可是……」

「可是……什麼？」

「呃，這個……」

我找不出顯眼的問題。

安排給加藤的妹妹角色、病嬌屬性、被殺害時的演技等等，對我來說都充滿看頭。

基本上，霞詩子寫的第一部傳奇類作品，可是幾萬名粉絲都會垂涎盼望的企畫。

可是，總覺得哪裡不對……

癥結不在於傳奇類型或靈魂轉世或時空旅行，並非那些簡單明瞭的吸睛要素有問題，而是更根本的地方有什麼不對……

有某個部分，讓我感到牽掛……

「……那麼，結論今天先保留好了。」

「對不起。」

面對我不乾不脆的態度，詩羽學姊輕輕嘆氣並離席。

她臉上有著熬夜完的疲倦、睡意、以及一絲絲的喪氣。

「有什麼地方要改就在這星期內說喔，因為我想在六日前完成。」

「抱歉，學姊……」

「沒關係啦，那我走囉。」

結果，學姊口裡說得體貼，卻對我一眼都不瞥地匆匆離開教室了。

接著就留下我們三個人，以及略顯掃興的氣氛。

唉，氣氛會變糟也怨不得人。

無論於好於壞，平時總是當機立斷的我，會有這種莫名奇妙的躊躇，就連我都對自己感到失望。

莫非，這就是製作人所負的重擔？

要推動自己面對的大企畫，是不是需要更加堅強的精神力？

沒錯，就是要堅強得將自己最寵愛的女生當成主打、或者硬捧成主打，也能夠一臉不以為意……

「倫也，為什麼你在這種狀況還能竊笑？」

「啊，沒事……」

呃，應該不會吧？

那種自肥的行為，在任何業界都不會有吧……？

※　※　※

然後……

「你到底要我等到什麼時候……？」

「……對不起。」

星期五。一樣在視聽教室、一樣是社團活動。

詩羽學姊那溫度一天比一天低的嗓音和情緒，扎在我的心上。

可是無論由誰來看，都會一面倒地認為學姊的態度有理。

「你夠了沒有啊，倫也？根本來講，你覺得自己有資格嫌東嫌西嗎？」

是的，甚至連她的天敵，也認為過錯全部在我……

理應能提早三天定案的大綱，到最後卻套牢了三天。

況且，這是由最不應該造成這種情況的人……

也就是理應要對截稿日最敏感的我，一手導致的。

「何止是什麼都不做，還光會扯後腿、光會搞壞製作成員的心情。你真是典型的『百害而無一利』的總監耶。」

儘管職務有別，平時的感情也不好，同樣身為創作者的英梨梨，現在已經完全變成詩羽學姊的同路人……或者敵人的敵人了。

「你這個情況，已經變成純粹在賭氣了吧？」

「賭氣……？」

「隨口說了一次不行，卻又找不出哪裡不行，你只是沒有台階下而已嘛？」

因此，英梨梨現在正代替變得沉默的詩羽學姊，轉而要說服我。

這傢伙的口氣和態度絕對沒有顯露出來，可是我經過長年相處，不由得就能感受到她要表達的意思：

「夠了嘛，反正先照這個路線製作，之後要是發現什麼問題再微調，用這種方針就行啦。」

目前，最努力為現場爭取和諧的，八成就是這傢伙。

可是……

「抱歉，那樣不行。」

「倫也？」

「…………」

憤怒和傻眼的情緒，顯而易見地參半交織於英梨梨臉上。

還有越來越沒有表情的詩羽學姊。

然而，那和加藤的淡定全然不同，看得出有沉靜而深遠的龐大怒氣正不斷累積。

「那大概和我腦裡描繪的形象有些許誤差。要是不趁現在修正軌道，之後會相當嚴重。」

即使如此，我現在也只能貫徹英梨梨所說的「賭氣」。

畢竟，我在這三天裡，同樣沒將這個狀況擱置不管。

那幾張大綱，我讀過不知道幾百次。

陸續將想到的內容和疑問寫上去以後，紙就變得一片紅了。

而那樣還無法自己解決的疑惑，我也向詩羽學姊請教過很多次。

因為下過那些工夫，才讓我說出「不行」。

「雖然無法具體指出那種『誤差』，完全是我能力不夠……」

我的能力不夠，這點毋庸置疑。

無法趕上期限，受責備也是天經地義。

然而，這大概……

「要是就這樣動工……我不會開心。」

我的這種感覺大概不會錯。

這和起初那種「沒來由」的猶豫不同。

現在的我可以確信。

不能就這樣動工。

那會變成不屬於我的遊戲。

唯有那股念頭變得越來越強。

只不過，我無法用言語表達出那種感覺，心裡焦慮不已……

「不然你自己寫嘛！」

「英梨梨，妳那句話……」

「說出那種話就沒救了吧，澤村？」

「什……？」

然後，當爭論正要朝我最忌憚的方向演變的瞬間……

將話鋒攔下的，卻是始料未及的人物。

「好比總監對創作者有不應該做出的行為，創作者對總監也有不應該說出的話。妳剛才說的就屬於那種話。」

她是抱持英梨梨那種想法，也最不違背情理的人。

「霞之丘詩羽……！妳……妳以為我到底在幫誰說話啊！」

「至少，剛才那句話幫不上我。」

「唔……！」

可是，那並不是要為我撐腰。

大概是學姊的矜持，或者無法妥協的部分，碰巧被英梨梨踩到底線罷了。

「我要回去了……」

「啊……」

證據在於她對我的態度、溫度絲毫沒變。

視線依舊、語氣依舊。

還有，那冷漠至極的表情也依舊。

「你還要拖啊，倫理同學……」

「咦……？」

結果，學姊只在最後有一絲絲地……

「到現在，你還是下不了結論……」

有一絲絲地，在臉上現出微妙的扭曲神情。

「…………」

「安藝。」

「……啊，加藤嗎？」

「呃，從剛才就只剩我了耶。」

「嗯……」

那兩個人離開後，已經過了一小時以上。

另外，在我又將學姊的大綱攤開來、嘀嘀咕咕地懊惱的這段期間，加藤拿著手機好像在玩類似社群遊戲的玩意。

……我對她的儲值金額感到好奇，但現在不是想那些的時候。

「差不多該走了吧？再說正門這時候也要關了。」

「嗯……」

的確，天色比我們平常回家的時間要暗。

「你要想事情的話，要不要到平常去的那家店再繼續？」

「嗯……」

即使如此，加藤並沒有像之前那樣催著要回家，也沒有擅自離去，感覺她對我表現得比以往更關心。

哎，看了剛剛那一幕，會掛心也是當然的吧。

「我說啊，安藝。」

「嗯……」

而我這邊……

當下，又面臨社團瓦解危機的我這邊。

「關於霞之丘學姊……」

「欸，加藤……」

「咦？」

倒也讓加藤那種關心的態度推了一把，進而定下一項決心。

因為，我覺得只剩下那把鑰匙，能解開這股懊惱了。

「明天，去約會好不好？」

叩咚。

「……咦？」

只有在我硬捧出來的第一女主角身上，才能找到那把鑰匙……

「我們兩個去約會好不好？」

「…………嗯？」

於是，我這項可以當成避重就輕的邀約，讓加藤的臉色稍稍跳脫了平時那種淡定。

呃，就不深究她跳脫到哪個方向了。

「…………」

「…………」

即將被黑暗籠罩的教室裡。

感覺和平時有些不同地相望著的兩人。

另外，走廊似乎有怪聲響起，但我決定不放在心上。

第五章　因為在最後一章前高高**舉起**、重重摔下是**基本功**

接著，到了星期六。

七月上旬，梅雨季差不多已經結束，嗅得出即將正式變熱的兆候，陽光強烈的早晨裡找不到一片雲朵，感覺氣溫能輕鬆超過三十度。

……呃，仔細一想，梅雨季節時，發生在下雨日子的事情，我幾乎沒提過。

沒表達出季節的轉變，總覺得挺過意不去的，還請各位當成在陰鬱潮濕的時期，也發生過不少事情。

「早安，安藝。」

「早……早啊。」

哎，不提那些令人鬱結的事了，今天加藤是在約定時間的兩分鐘前，抵達指定為集合地點的車站前面，登場方式依舊缺乏話題性。

「嗯～～幸好天氣放晴了。」

「妳穿那樣會曬黑吧……」

「嗯？不要緊喔。我有帶防曬乳，帽子也選了防紫外線的款式。」

「沒有啦，那套衣服跟夏天好搭，很適合妳。今天也一樣賞心悅目呢。」

「謝謝。不過你那句『沒有啦』，讓馬後炮的感覺變強了喔？」

亮色系背心外面，披了半透明的白色蕾絲短袖上衣，頭上則輕輕戴著尺寸稍大的水手帽，而迷你裙底下露出的大腿，今天是將白淨醒目的膚色直接秀在外頭。

……由我來描述，總會莫名流露出一股類似中年大叔的下流氣息，還請各位包涵，簡而言之就是加藤今天也很潮。

真的，明明只有我看卻還打扮得這麼講究，徒勞也該有個限度。

「好了，那我們車票要買到哪裡的？」

「要去六天場購物中心，所以是到玉崎吧？」

「真的要嗎？我去JO〇POLIS也不介意喔，就算到秋葉原逛也完全ＯＫ。」

「就說妳不用那樣可憐我啦！今天一定要讓妳看清，我這股以宅男來說還算像樣的『現實充之力』！」

「呃，我是覺得希望你也能玩得開心比較好……話說你的語氣聽起來一點也不平靜就是了。」

基本上，可別對我說出「到秋葉原逛也完全ＯＫ」那種話，等到花兩個小時將書店、電玩遊戲店、CD店的新品／中古店鋪全部逛完，還將所有店家的中古價、庫存、推銷方式都看過，並且在繞完一圈後到葛蘭○尼亞（註：秋葉原的角色扮演歐風餐廳「Granvania」）進行記憶力測驗，就再也沒人說得出那種話了喔。

不過，我也不希望自己一個人逛就是了……為什麼都沒有人能跟上我的腳步……？

※　※　※

「到了耶～」

「對……對啊……」

「好期待喔，光今天逛得了多少店呢？」

就這樣，我們搭電車和接駁車花了快兩個小時。

在我眼前的，是會讓人覺得那棟東京國際展示場也只不過是爾爾的廣闊土地、以及巨大的建築物。

這就是上個月才在玉崎開幕的六天場購物中心。

具中世紀歐洲風格，讓人聯想到橫濱紅磚倉庫的恬靜外觀。

商場分隔成南與北兩大塊區域，共計兩百間以上的時尚、生活雜貨、戶外用品、餐飲店櫛比

鱗次，內容豐富得待一整天也不會膩，宛如專為購物搭建的都市。

同時……這也是供情侶和全家大小踴躍上門，專為現實充打造出來的空間。

「…………唔。」

「安藝？怎麼了嗎？」

「沒……沒事……」

走進那棟建築的瞬間，我心裡湧上一股無可比喻的異樣感。

「比想像得還擁擠呢……是不是稍微隔一段時期再來比較好？」

確實如加藤所說，明明開幕後差不多也過一個月了，裡頭這多到要不撞上人也難的洶湧人潮，仍將這棟建築擠得水洩不通。

我不清楚精確數字，但形容成幾萬人規模的大混亂，應該不失中肯。

可是，湧向我心裡的負面觀感，並非純粹來自人數之多……

「加藤……妳不要緊嗎？對於這種無秩序的場面。」

「那當然囉，畢竟拍賣會大致都是這樣。」

「是……是喔？」

「真的啊，簡直像戰爭呢。」

不對，這種場面才不算戰爭。

就算人再多，這種程度要和「那個活動」比，還差遠了。

要是以人數來算，這裡大概連那邊的一半再一半都不到。

可是，這種亂沒秩序的感覺是怎麼回事……？

真正的戰爭、真正受過磨練的戰士，在奮戰時要更加整然有序才對吧？

「那邊聽著……不要用跑的……請放慢步調用走的～」

「安……安藝？」

沒錯，我體會到的這種異樣感，並非來自身邊客層的落差。

是普通入場者太不守秩序造成的。

這究竟是什麼情形啊？我深愛的comiket販◯會精神到哪裡了？你們有沒有確實讀完場刊？

「請不要排在這裡……隊伍的尾巴並不是這邊……請先退到外面，從斜坡一直往下走就是了～……」

基本上，這些傢伙為什麼都擺著把自己當大爺的臉？來這種地方，所有人都該抱著身為活動參加者的自覺……啊，不對，這些人正確來說要算客人嗎？

「安……安藝，你清醒點！醫……醫護室在哪邊？」

「別送我去醫護室……會買不到本子……」

我現在，人是在哪裡啊……西館？東館？還是企業攤位……？

※　※　※

「……抱歉，真的很對不起。」

「不會，我才想和你道歉。」

如此這般，抵達六天場購物中心後，只過了十五分鐘。

那裡便出現了我在入館瞬間被亂象吞沒，而不得不撤退至美食廣場，還氣喘吁吁地啜飲冰咖啡的慘狀。

……算你厲害，六天場購物中心。

這樣盛大的歡迎，正可謂「客場的洗禮」不是嗎？

感覺宛如才剛開賽，防線就在轉眼間重挫失分，中後衛更直接被判出場，落得只能由十個人出賽的困境。

「我看，我們還是回家吧？」

「不，我不回去。」

「安藝……」

可是……

即使露出了那等醜態，仍不能就此罷休。

因為我們的奮鬥，才剛剛開始而已……呃，我這句話強調得挺認真的。

逛這麼一下就得將期待延到下次，對加藤也未免太抱歉了，我說真的。

「所以說，不好意思，麻煩讓我在這裡再休息三十分鐘就好。」

「我當然完全不介意啦。」

「休息完以後，我保證會當一個幫得上妳的安藝倫也。」

「問題不在幫不幫得了我……既然你待在這裡不覺得開心，我們留下來也沒用吧？」

「不，那大概沒問題……我找到讓自己也能玩得開心的戰法了。」

「是嗎？」

英梨梨說過。

在客場，反正帶著笑容把比數扯平就對了。

而我是如此反駁的：

『我希望自己在任何場合，都能靠平時的自己取勝』……

「欸，加藤……」

「什麼事？」

今天，我確實突然受到客場的洗禮。

「我問妳喔，出門前妳查過很多資訊吧？比如今天要逛什麼店之類。」

「嗯，當然有啊。」

不過，來得太早的中場休息時間讓我開竅了。

只要保持和主場一樣的心態……

只要設法弄到和主場一樣、或者類似的武器……就行了。

「那麼，妳把那些店都告訴我。」

「啊，可是，也不用那麼勉強啦……」

「沒關係，全告訴我。用這張樓層地圖指出來就好。」

而我手上，有六天場購物中心的樓層地圖。

這是我在美食廣場角落的陳列架，所找到的新武器。

「可是，我預先查過非常多店耶……因為我沒想到人潮會這麼擠。」

「沒關係啦。總之先全部報出來。」

「安藝？」

那在我的預料之內。

畢竟來參加活動，不管逛不逛得完，任何人都會先將有興趣的社團全部查一遍吧？

呃，雖然這不是同人活動而是逛街。要逛的也不是社團而是店鋪。

「那麼，呃…首先是『Lulu Bianca』。但這家店很貴，會變成光看不買，跳過也可以。」

「不，純逛街也很重要吧……這是在西側大道二〇一二。」

說著，我在攤開的地圖上用筆作記號。

當然，是劃在『Lulu Bianca』的攤位……店鋪位置上面。

「然後是『Burning Los』……這家店有不錯的秋季新裝。」

「七月就已經推出秋裝了喔？服裝界真讓人搞不懂……在北側大街七四三，好。」

「還有『Fortissimo』……因為我現在用的包包有點瘺了。」

「一樣在北側大街六二二……這裡離剛才那間店很近，可以順路接著逛。」

「另外是『True Blue』和『Cellulose』……啊，『Strasbull』也要逛。」

「好，放馬過來！」

說來說去，結果加藤還是報了十間以上她有興趣的店名。

對我而言，每個店名稱聽起來都像完全意味不明的暗號，那裡賣些什麼、商品有多棒、加藤又為什麼想要，我一點都不懂。

不過，這算是彼此彼此。

非御宅圈的人聽了我們預先查好的社團名稱，應該也會有相同想法。

比如這個類型的作品目前多紅，以及這個作家在這個類型中扮演的角色和地位，還有為什麼不這樣配對就不能接受……諸如此類。

對於我那些只有涉獵過的人，才能聽得懂的語言，加藤總是心平氣和地聽聽就算了……不，她都願意聽進去。大概吧。

既然如此，我也一樣辦得到、做得到、就是要做給她看。

而且，我還可以開開心心地參與……

「路線就從……嗯，從這邊開始。所以路徑就可以這樣接起來，由西往東……不對，由南向北的走法就這麼規劃……」

我們御宅族在主場的戰法，絕不會和現實充的常識相違背。

視應用的方式而定，即使在這裡、在哪裡都一樣能通用，這是腳踏實地的規則及手段。

而我受過的磨練，應該已經能將那套戰法活用到極限。

「那麼，加藤……讓妳久等了。」

「安藝……？」

不要緊，只要有這張社團地圖……不對，只要有這張尋寶圖，我就是無敵。

「好啦，就算在客場我也要贏……來逆轉吧！」

直到剛才還流個不停的冷汗，已經在不知不覺中止住了。

※　※　※

「讓你久等了～～」

「喔，有買到看上眼的東西嗎？」

「嗯！好險耶～我穿的尺寸就剩一件而已。」

呼吸急促的加藤一從櫃台回來，我就接下她手中的購物袋，然後裝進一開始從文具店張羅到的特大號紙袋裡。

其實要是有平常用的雙肩背包，會更有效率，不過那套隊服實在無法帶來這座客場用。

「好了，那往下一間店移動吧。目前比預定的多拖了十五分鐘。」

「咦？對喔，我們迷路得還滿久的。」

「沒有關係，那也是逛街有趣的地方吧。」

「嗯，不過……等我的時候，你不會無聊嗎？」

「哪的話。」

我並沒有往臉上貼金、也不是刻意對她體貼，都不是。

無論和加藤走進哪家店，我都靠在角落的牆壁，一面拚命散發「別找我搭話」的念波、一面

靜靜地等她買完東西，這樣的態勢始終不改。

話雖如此，那段時間也沒有閒到能讓我無所事事地茫然望著店內、或者索性玩起遇不到任何玩家的掌機遊戲來消磨。

畢竟，時間緊迫得要讓加藤對衣服或飾品的設計看得雙眼發亮、或者讓標籤的價格嚇得眼睛脫窗，都嫌不夠了……

「所以囉，之後妳有兩種選項。看要去下一個目的地『Lanoraie Furore』，或者略過一間店去『Julie Sander』那邊。」

「這樣啊……」

「順帶一提，『Lanoraie Furore』離這邊有點遠，而且那附近沒有別間妳列出來的店，在我們看來算偏僻地帶。」

「嗯。」

「然後『Julie Sander』和『Lanoraie Furore』位置完全相反，而且接下來還有三個目的地都和它連在一起，不可能略過這裡。」

「原來如此……」

「所以囉，加藤，妳想墜落在哪裡？不對，妳想去哪？」

為了應對接連改變的狀況，這是最新的作戰立案。

為了讓原本認為不可能達成的作戰成功而搜索路徑。

再怎麼思考都沒有唯一正解。一邊從複數選項中挑出可能性高的項目，一面也要備妥替代方案，更必須守候著現場的狀況，因時制宜地進行切換。

既然我用的是那種花頭腦的戰法，根本不可能會有閒時間。

「唔～……那我要去『Lanoraie Furore』。」

「選那邊嗎……？」

「好不容易來到這裡，再說時間就算拖得晚一點，感覺你也能幫忙想辦法……不行嗎？」

「不會，就是那樣。我等的就是那種回答。」

要考慮效率，選擇『Julie Sander』才妥當，但加藤反而沒有那麼選。

……她肯對我任性了。

這就代表，加藤在這個地方，也開始對我產生信任了。

「那我們走囉，加藤！腳步會有點趕，妳要跟緊我。」

「了解！」

而我今天的任務，就是要盡全力支援她那種任性。

因為……當加藤買東西時，我為了迴避店員詢問：「欸，男朋友～你喜歡她穿哪件？」都故意裝得和她不認識，這是我最起碼該做的贖罪……

※ ※ ※

「加藤，不是那邊，靠右，往右邊！」

「好……好的。」

沿西側大街直走，先來到中央廣場，再朝「Lanoraie Furore」所在的南側大道前進。

即使那樣的路線還算單純，但由於來往的客人數量可觀，加藤的腳步頻頻頓住。

「加油！快到南側大道了。」

我每次都會開口為她打氣……這絕對不是在責備她喔。

而加藤每次被絆住，時間就會以秒單位流逝，離原先的預定抵達時間，就會出現以分鐘為單位的誤差。

但我每次都會告訴自己：

「慢著，別慌，這是六天場購物中心的陷阱。」……

人潮確實相當洶湧，可是還不到擠沙丁魚的地步。

不過，剛開幕的購物大街太過雜亂，分不清楚要靠右或靠左走的客人，常會脫序撞在一起。

正因為如此，比起前進速度，往左右小幅閃躲的步法更為重要。但不習慣在人潮中靈敏地趕路的加藤，總是無法像我一樣，只能走得和普通顧客一般快。

可是，這樣下去不太妙……

畢竟走完這條大街，接著就是通往南側廣場無法避免的難關，電扶梯。

在那裡，大概就無法爭取時間了。不可能挽救回來。

這是因為……

「唔哇，人群好像突然變多了耶。」

「是啊……」

如我所料，電扶梯前的空間嚴重壅塞，處於寸步難行的狀態。

通路原本人就多，還幾乎都湧進狹窄的電扶梯，路完全堵住了。

和有老練工作人員的活動會場不同，這裡是剛蓋好的購物中心。

無論多壅塞，都不會有繩子在大廳拉出「之」字型動線，也沒有幫忙指揮的大哥大姊提醒：

「不要在電扶梯上走動～請間隔一階，先停下腳步再搭電梯～～！」

話雖如此，我們總不能無視於規則插隊，或者靠扶梯右側往上走。**（註：日本過去的習慣是讓出電扶梯右側，讓趕時間的人走。自2004年起，各縣地下鐵已陸續禁止在電扶梯行走）**

那是我該遵守的主場鐵則。

「怎麼辦，安藝？要先繞到建築物外面嗎？」

「不，那樣反而會拖長時間。不管多擁擠，走這裡都是最短路徑。」

「這樣啊……要通過這邊好像會花十分鐘耶。」

「……我不會讓事情變成那樣。」

既然如此該怎麼辦……？

對，只好靠通往電扶梯的這條長而直的路線來爭取時間。

但我們不用跑的，也不將腳步加快到會撞上人的程度。

要留意四周，避免我行我素，將本領發揮到極限。

對，我一面融入客場、一面揮灑本色。

上吧，安藝倫也……受天選召、禁止徹夜排隊的活動鬥士。

「加藤！」

「咦？」

「把手……給我！」

「啊……！」

出聲同時，我硬是牽起加藤的手，加快走路的速度。

為了……在最後取得勝利……

「別放手喔！加藤！」

「安藝……」

在我右手，是套了兩層、還補強過提柄的紙袋。

而左手……是加藤柔軟、溫暖的右手的觸感。

「唔喔喔喔喔喔喔喔喔喔喔喔喔～～！」

當然，那時我腦裡播放的曲目正是《賜我一雙羽翼》林原版……

※　※　※

「我回來了～～」

「喔，結果怎樣？」

「嗯～～這裡和我住的世界實在不一樣。標價全都差一個位數耶。」

「嗯，我懂，我懂妳的心情……」

加藤苦笑著走出的那間店，就是先前英梨梨送她那條緞帶的英國品牌專賣店。

總之，加藤表示自己一次都沒有去過，我才會幫忙帶路，但我事先忠告：「只會得到『早知道就別去了』的感想而已喔？」看來她是切身體會到了。

哎，先不管那個……

「那麼，這樣就算逛完一趟了吧？」

「啊，對呀。」

每逛完一間店就塗掉一處的地圖上，已經變成整片紅了。

我們走遍這座有著大量人潮來往的廣闊購物中心、逛完近二十間店，時鐘所指的時間，倒是才剛過兩點。

「肚子餓了耶～」

「是啊。」

呃，雖然還剩下略晚的義式午餐和甜點吃到飽的考驗，總之我們已經突破一道大關了。

而且，時間幾乎都按照當初的預定。

以慢了三十分鐘起步來想，這樣的成果堪稱出色了吧？

「好啦，那我們回中央廣場囉。」

「啊，安藝你等一下。」

「嗯？」

「那個……不好意思，我們多繞一家店好不好？」

結果，也許加藤現在是逛得起勁了，她又提出一點任性的要求。

不過……

「啊，不要緊喔。要去哪邊？」

如之前發誓的，我今天早就決定配合加藤所有想做的事了。

因為這也是「目前，我該確認的一點」。

「我記得這邊……有一間叫『Aion』的店。」

「『Aion』……啊，就在附近嘛。咦，奇怪？」

說著，在地圖上端找到加藤提起的店名的我，讀過店鋪介紹以後，卻微微偏了頭。

「怎麼了？」

「我問妳喔，這間店……」

「快點，我們走吧？」

「加藤……？」

妳提的「Aion」，這間店不是……

「哇～～有好多款式耶～～」

「欸，加藤。」

「嗯？」

「妳視力不好嗎？」

「沒有啊，兩眼都二．〇喔。」

「那妳為什麼……」

照地圖介紹來看，這間叫「Aion」的店經營的商品，是眼鏡……

「這款怎麼樣？我覺得和你挺合適的耶。」

「咦……？」

沒錯，那間店販售的商品，加藤應該不會用到。

「鏡片實在太貴……不過，光買鏡架還可以。」

「妳買了，要做什麼……？」

「這是今天你陪我逛街的謝禮啊。」

「啊？」

於是，加藤挑的鏡架，忽然戴到我臉上。

那時我才發現，不知不覺中，自己的眼鏡已經被摘掉了。

加藤對我做了那樣可愛的惡作劇……

「謝謝你，安藝。」

「…………」

奇怪？這項劇情事件是怎麼搞的？

總覺得……總覺得……咦？

「啊，還是說你不能接受細框？那你再等一下喔。」

等一下，從根本來說，我上午時，從頭到尾都在給妳添麻煩喔？

下午也一樣，我根本沒參與妳買東西的過程耶？

「換個粗一點的款式……像你原本戴的那樣好不好？」

到最後，我還要妳遷就我的步調，一會叫妳跑、一會又催促妳耶？

追根究柢，今天這趟出來……怎麼說呢？我們會這樣成行，也是因為我一度爽約、又在昨天突然重新邀妳，像這種被我硬拗的部分說也說不盡耶？

可是，妳為什麼……？

「加藤……」

「嗯～～？」

不行，我現在得把事情搞砸才可以。

我必須亂發脾氣、或者用御宅族話題敷衍過去，得讓加藤的心意泡湯才可以。

要不然，我會……

「那麼，我就送妳帽子好了……」

「咦？」

「對面是帽子店，所以……」

「……所以？」

「相對地，我分不出哪種款式比較好，所以妳要幫忙選喔。」

「…………謝謝。」

可是，到底怎麼搞的……？

為什麼我會想用類似萌系美少女遊戲的方式，來替事情收尾……？

「嗯，謝謝你囉，安藝！」

「別笑得那麼燦爛啦，笨蛋！那樣會讓角色定位變鮮明吧！」

「咦，我不可以變鮮明嗎……？」

呃，也不是不行啦……不過……

不過，那樣不太妙吧？

※　※　※

「好棒！以前我從沒來過，所以都沒有發現，可是只要和女生一起來甜點吃到飽，簡直像天堂一樣……謝謝妳，加藤！」

「還……還好啦，你這麼感激……反而讓我不敢領教。」

逛完街以後，我們接著光顧的是中央廣場的甜點無限享用自助吧。

今天的我帶了加藤這塊護身符（冒牌女友），才得以抬頭挺胸地進入總是只有情侶、或者和女生同行的客人踴躍上門，平時彷彿都拉著「KEEP OUT」封鎖線的甜點店裡。

「哦，這個水果塔不賴喔！鑲滿了三種果莓，酸得層次多變又帶勁，過甜的卡士達奶油還能將那壓下，搭配得恰到好處！」

「那……那真是太好了……怎樣都好。」

一開始我還認為：「這什麼拷問啊？」而裹足不前，但隨著將吧台上擺滿的繽紛甜點一一試吃過後，那種不解風情的想法，就被嘴裡令人上癮的甜味顛覆了。

「紅茶戚風蛋糕也棒透了！柔軟到入口即化又芬芳撲鼻的戚風蛋糕，配上塗得滿滿的鮮奶油根本不膩口，還帶來雙雙融化在舌尖的獨特嚼感。」

「你的詞彙還是這麼豐富耶……亂累贅的。」

對啊，我怎麼會忘記了……？

小時候，每個人不是都那麼喜歡吃冰品或蛋糕嗎？

每個人不是都希望將來能獨享生日或聖誕節的整塊蛋糕嗎？

結果男生在不知不覺中，就忘掉當時的純稚之心了。

而大人，為何要批評當時那種念頭是不對的呢？

「水果的豐富維他命，以及海綿蛋糕的碳水化合物能療癒身心，但會累積過度糖分和脂肪的乳霜卻令人陷入兩難！啊啊，可是這真好吃！我停不下來！」

「欸，安藝，那是第十二塊了……」

對嘛，成年男性到咖啡廳點聖代有什麼錯？

就算四個男客人一起上門都只點甜品，拜託妳也不要顯得排斥啦，店員小姐！

「話說回來，雖然御宅族給人對任何事都會一頭熱地高談闊論的印象，但我沒想到甜點也會包含在內……」

「那是因為所謂的御宅族，就是成立於崇高的自我奉獻精神上，無論什麼好東西都想和大家同享同樂啊！」

「……就算你用那種信徒特有的澄澈眼光說那些，我也很難回應耶。」

「嗯，這個也好好吃！加藤也來一口怎樣？啊～」

「不用了，我消受不了。」

「啊，是喔。」

被加藤十足冷淡地拒絕掉的碎蛋糕，就那麼讓我直接吞進嘴裡了。

嗯，方才還瀰漫在我們倆之間的青澀甜蜜氣氛，不知不覺中就抹消得一乾二淨了。主要歸功

於我。

「不過，今天玩得好開心呢。」

「哎，比想像中好啦～～」

我大啖蛋糕，加藤則是光看我吃就覺得飽，一般來說，男女立場應該會相反的組合有點糗。但即使如此剛才的購物行腳，仍讓我們共同享有一段快樂得足以用笑容回顧的時光。

「我還想再來耶。沒查過的店當中，也有好多間看起來不錯，況且這裡這麼廣，一天實在是逛不完。」

「那下次可以在清晨排隊，店一開就衝，先到牆際社團……不對，先到高人氣店面把看上的貨色買齊，再去中央島塊……不對，再慢慢逛其他純看不買的店，就用這種戰法好了。」

假如不只重視逛的店家數目，還要顧及成果，找伙伴組成購買團也是一項手段，不過像這樣出來逛街，由當事人和中意的商品「一期一會」才是基本吧。

「話說回來，安藝你好厲害。我自己來會連一半也逛不完喔。」

「別小看御宅族的物慾了。」

「你自己明明一項東西都沒買耶？」

說著，加藤把剛買來的帽子拿在手裡轉著玩。

「因為我了解人在拿到真正想要的東西的瞬間，會有無可取代的喜悅啊。」

另外，我目前戴的眼鏡沒鑲鏡片但有標籤。有點不方便。

「那種觀念和推廣作品息息相關對不對？」

「所以啦，推廣作品本來就是源自一種純粹的親切心嘛。」

「我有時會覺得感激，不過也有感覺超煩人的時候耶。」

「別用『超』那種字眼啦ＪＫ。」（註：「ＪＫ」為日本網路用語，意指「高中女生」，也有「照常識來想」的意思）

「啊哈哈，你那是什麼語氣？」

嗯，好開心。

普通的互動，感覺好開心。

即使不青澀甜蜜、即使維持我們平常的調調，也十分令我開心。

普通地出門、普通地出糗、普通地補救、普通地兩個人走、普通地牽手、普通地交換禮物、普通地吃甜點、普通地聊天。

加藤保持本色，我也保持本色。

沒有特別大的驚喜，只靠交談促成一段快樂的時光。

加藤會解說自己買的衣服或者飾品，聽得摸不著頭緒的我每次都用御宅梗打岔。

但她被那樣對待也不顯得介意，隨口吐槽後就簡單略過，接著又會學不乖地聊起我搭不上話

的話題。

在御宅族和普通人之間，雖然有點不普通、又絲毫沒有宿命感的對話，是如此的令我開心。

然而，正因為如此……

正因為這麼開心，我有句話不說不可。

「欸，加藤……」

「嗯？怎麼樣？」

「抱歉，回程我沒辦法送妳。」

因為我來這裡的目的，已經達到了。

「有個地方，我現在得立刻趕過去……」

因為面對新的目標，我現在根本不能停下腳步……

第六章 回想場面很輕鬆，對不對？

——剛考進豐之崎學園沒多久。

由於在國中時期留下心理創傷，當時我將自己完全封閉，更不惜傷害所有接觸自己的人……

才沒那回事，我是個和現在完全一樣的御宅族，這段回憶就是那時候發生的事。

無心間拿到手裡的一本書——正確來講，是在Fantastic文庫出書日當天（因為Fantastic文庫不會偷跑上架），我到秋葉原將平面書架的所有新刊（已棄追的系列除外）拿去櫃台結帳，那當中的一本書，使我新展開的高中生活發生了巨大轉變。

那本帶著蠱惑力的輕小說，我曾重讀好幾遍、落淚好幾遍，甚至讀得廢寢忘食、影響學業；大幅拉高續追動畫的門檻；並且不顧周圍地在自己的部落格及推特大肆推廣。

書腰印著「榮獲第四十回Fantastic大獎首獎　備受期待的新人出道！」這般光鮮亮麗的宣傳詞。

儘管字面上捧得像主打強作，書店架上的庫存卻始終動都不動地沒有減少。

適逢付梓出版，由於那部作品在投稿時的書名太過樸素，由編輯部取的新書名是叫作《戀愛

節拍器》……

※　※　※

一離開車站，映入眼簾的是睽違幾個月的景色。

圓環、客運中心、站前公園、還有更過去的整片光景，細部上雖然有變化，重現度依舊高得讓我觸景想起腦海裡的第一集拉頁彩圖。

沒錯，這裡是和合市。

《戀愛節拍器》的故事舞台，同時也是作者霞詩子在小學、國中時期住過的地方（參照第四集後記）。

至於現在，這裡更是我為了找尋冷戰中的詩羽學姊，而在最後踏上的場所。

在六天場購物中心和加藤離別後，我立刻撥了手機想和詩羽學姊聯絡。

可是，無論撥幾次都接不通。

雖然詩羽學姊和英梨梨那種瞬間熱水器的沸點完全不同，一旦惹她認真生氣，那股怒火就會像保溫瓶一樣持久，因此我對沉默的手機感到膽寒。

我擔心，該不會又要連續好幾個月音訊不通……？

不過在那之後，我抱著姑且一試的想法打到學姊家裡，結果有個疑似她母親的人輕易告訴我學姊的下落。

『我記得，她說過要去見個熟人。會不會是她國中時期的朋友呢？』

以妙齡女兒的父母來說，這情報公開得還真慷慨。

呃，說不定是因為學姊一直以來都是能夠達成父母期待的模範生，家裡才會這麼放任她吧。

……不過伯母，那個讓妳自豪的女兒，她在優秀的課業成績的掩飾之下，其實還挺膽大妄為的喔。

……哎，如此這般，總算掌握到學姊下落的我，就這樣從玉崎花了一個小時半過來和合市這裡。

也由於離開那邊時已經是傍晚，所以周圍早就暗下來了。

在這樣的夜色中，光找一個「人在街上某個地方」的女生，坦白講根本難到爆。

即使如此，我還是得為了找她，而在這座街上流連徘徊。

無論如何，都要在今天內講明才行。

要盡早告訴她，我的想法才行。

要不然，我……

※　※　※

沿著街上走，我最初來到的是帖文堂書店和合市站前店。

雖然從某種角度來看算合乎常軌，簡單說，那就是學姊出現機率高的地方。

畢竟這裡是第一集四十八頁，主角直人和第一女主角……理應是第一女主角的沙由佳相識的地方。

然後容我僭越，這裡也是我和詩羽學姊，第一次認識彼此的地方……

『妳好！能見到妳真是太感激了，霞老師！』

『謝……謝謝……聽說，你很早就來排隊了？』

『不要緊！我沒有徹夜排隊，我按規矩搭首班車來的。』

『其實你也不用那麼辛苦……畢竟，排隊券好像還剩一半以上。』

『能排到第一個真的很幸運。因為我對《戀愛節拍器》迷得不得了！』

『呃，那很感謝你……』

『像第一集我讀過二十遍以上了。每個星期讀還是會哭。』

『這……這樣啊……你讀過那麼多次啊。』

『故事末段，直人為沙由佳努力的部分太打動我了……可是他們卻微妙地錯失彼此的心意，讓我好著急。』

『…………』

『而沙由佳那邊，我這麼說也許不禮貌，但最初她有點讓人無法產生共鳴、也有一些想法不太能讓我接受呢。』

『……？』

『不過等到我讀完五遍左右，又感覺合情合理了。應該說，哎，她就是具備那種心路歷程的人物。』

『這個聲音……？』

『像那樣反覆重讀以後，就會發現好多環節耶。也許只是我閱讀能力不夠，但是我覺得內容好有深度。』

『這種……亂興奮又喋喋不休的說話方式……？』

『真的，我想東想西地，昨天晚上緊張得睡不著……霞老師？』

『你……該不會是……？』

『？怎麼了嗎？』

『才剛入學，就在辦公室和山城老師起衝突的……』

『山……山城？妳怎麼會知道我的班導師名字……？』

『你花了一小時以上要他認同學生打工……而且還像剛剛那樣，用全辦公室都聽得到的音量。』

『話說，霞老師妳怎麼會知道豐之崎學園辦公室發生的事情？』

『那是因為，呃……』

『……咦？』

『…………』

『那個，我也有點瑣事想請教，妳是不是在之前的全國模擬考受過表揚？』

『你果然就是……記得……你姓安藝……對嗎？』

『……唔，咦咦！妳是二年級的霞之丘詩羽？什麼嘛，幾乎和霞詩子都是同樣的字！筆名取得好隨便！』

『欸，不要大聲叫我的本名……還有你自稱書迷卻挺沒禮貌的耶。』

記得那是在第二集上市後，為了慶祝再刷而辦的感謝簽名會。

從初見面就差點嚇跑學姊以後，已經過了一年……

對她來說，身為一名作家，在首次簽名會上第一個簽名的對象其實是同校學弟，與其形容成命運，應該更像一場惡夢吧……

……思緒徜徉於那段令人懷念的往事之餘，我在三層樓高的那間書店裡，將每樓的各個角落都找了一遍。

可是，無論怎麼找，都沒撞見黑長髮美女把自己作品重新排在書架醒目處的畫面。

……不只來這裡而已，大致上，那個人到任何書店都會做一樣的事。

※　※　※

那次以後，面對我這狂熱粉絲，刀子嘴豆腐心的學姊臉上別說有一絲絲厭惡，她根本是滿臉反感。即便如此，學姊她仍變得願意跟我講話。

不過，因為她當作家的事在校內是祕密，所以我們大多在和合市的這座車站附近交談。

待在自己迷得神魂顛倒的作品聖地，還有作者親自解說書中場景，就那部作品而言，我當時也許算是最幸福的書迷。

另外，我們也在這座街上談過許多事。

比如《戀愛節拍器》往後的劇情發展、這部作品在輕小說業界的定位、跨媒體合作的要求、

女主角論、男主角爆炸論之類……

儘管聊了許多，話題卻限定在同一作品裡的我們，感覺活脫脫也像御宅族作家和御宅族書迷就是了。

即使如此，在這座街上，我們待在車站前的平價速食店裡……

聊了好多好多的夢想。

『學姊，真的拜託妳饒了我們啦，第三集居然用那種方式吊胃口……這故事會變成怎樣……這故事到底會怎麼發展啊～～？』

『都叫你別在店裡嚷嚷了。不過是區區小說的情節而已。』

『對於創造作品的神來說，也許那算「區區」小事。可是登場角色和讀者在神明的一念之間就會受到擺弄，麻煩學姊也為大家著想一下嘛。』

『……呵呵。』

『唔，詩羽學姊真的超惡毒。我完全預測不了之後的發展……』

『其實啊，在第四集……』

『啊～～！別說了別說了！讀到時的樂趣會變少～～！』

『……就算你沒那麼用力摀耳朵，我也不可能真的透露啊？』

『～唔！』

『……連我說這些也沒聽進去呢。喂～倫也學弟。』

『好痛！學姊妳做什麼……』

『乖乖聽人講話。所以囉，我反而要問你。你覺得接下來會怎麼演變？怎麼樣的演變合你喜好？』

『咦？什麼？我可以表示意見？』

『作者聽取讀者的感想或願望，是很自然的事吧。再說終究只是參考而已。』

『首先呢，這種雙女主角的拉鋸狀態太犯規了。到了這一步，還讓真唯迎頭追上，普通來想並不合理。』

『……所以你是沙由佳派？』

『我兩邊都都選不了啦！所以才會說不合理。』

『優柔寡斷～簡直像直人一樣。』

『錯就錯在那樣安排的神。根本已經是惡魔的行徑了。』

『哎，畢竟早從希臘神話時代起，神明的狠心早就成為天經地義了。』

『啊，還有，關於雨中那一幕……』

『嗯？那怎麼了嗎？』

『那個時候，直人對沙由佳講的台詞，完全和我之前提的妄想一模一樣對不對？』

『……作家這一行，會從日常生活的任何地方取材喔。』

『學姊果然夠狠……』

今年春天，加藤、詩羽學姊和我三個人第一次聚首的漢堡店。

去年秋天我們倆常坐的，能一覽站前公園的窗邊座位。

然而，在那裡，也看不見那個作家眼神睏倦地熬了整夜，明明知道有客人等著要坐，卻絲毫沒有離席跡象、還不停敲起鍵盤的倩影。

……冷靜回想起來，包括話題始終說不完的我，我們倆應該讓旁人困擾到極點吧。

※　※　※

剛抵達時，站前公園裡那座宛如宣告著夏天來到，而洶湧噴出水柱的噴水池，不知不覺中已經停了。

看向時鐘，時間將近十一點。

電車班次大幅減少，車站走出的行人也變得稀疏，幾乎沒有人要進車站。

我坐在公園長椅，茫然地望著變得那般冷清的車站出入口。

來這裡以後過了幾小時，我找遍所有想得到的地方卻依然沒有下落，能想出的手段只剩當場攔截準備搭電車回去的學姊。

距離末班車，只剩三個班次。

不搭上其中一班車，我也回不去。

在那之前要是攔不到人，今天就只能放棄了。

冷靜想想，根本沒什麼好著急的。

頂多一天，最多也就兩天見不到面。

這應該是星期一跑一趟學姊教室，談兩句就能解決的問題。

……可是直到前陣子，我們之間還橫跨著一道三個月以上沒見面、也沒講話的歷史。

彼此沒有立刻道歉、沒有和好，才會造成那麼深的隔閡，這些我仍然記得。

相識的夏天。

長談的秋天。

還有，一度分袂的冬天。

是的，那天不出所料地下著雪……先不管到底什麼不出所料。

『這我不能讀啦……』

『沒關係喔，我不認為你會洩密，也得到編輯允許了。』

『何必那樣……我不想知道劇情。』

『可是我希望在書上市前，讓你先讀。』

『為什麼？』

『因為，我希望內容可以得到你的認同。倫也學弟。』

『所以說，何必要我……』

『…………』

『只要最後一集在書店順利上架，我絕對會買，要多少感想我都肯講。而且，不管劇情怎麼發展，是學姊寫的我都認同。』

『那只算盲目追隨而已，不是嗎？我想要的並不是那種感想。』

『要不然，學姊想從我這裡追求什麼……？』

『等你讀過……也許就會懂了。』

『妳說「也許」……要懂什麼？』

『從這個結局，你能感覺到什麼……並且，想做出什麼樣的答覆。』

『…………』

『……我再問你一次喔。擺在這裡的最後一章初稿，你說什麼都不肯讀嗎？』

『……我拒絕。』

『……！』

『因為，我無法對這部作品負責。』

『為什麼……？』

『…………』

『你……什麼話都不肯說？』

『……唔！不說學姊就不懂嗎？』

『咦……？』

『那當然是因為，我迷這部作品迷得不得了啊！』

可以先讀最後一集並且挑問題……

那對書迷來說，簡直是誇張得離譜的特權。

然而，我將學姊的心意，連同她提出的要求一起拒絕了。

我心裡也有不想讀最後一章的念頭。

我希望能永遠接觸到《戀愛節拍器》這部作品。

但是既然那無法實現，至少故事的結局，我想在真正完結的那一天再迎接。

我想接納作品裡毫無雜質的訊息，純粹地受其擺布。

不過，我身為書迷的心意，到最後還是沒有傳到詩羽學姊心裡。

那從她之後的表情和態度，也表露得很明顯。

而那個時候，霞詩子身為作家的心意，到最後同樣沒有傳達到我心裡吧。

那從我至今仍留在心裡的這塊疙瘩來看，也是顯而易見。

後來沒過多久，《戀愛節拍器》完結了。

和直人結成正果的，是從第二集才登場，理應屬於第二女主角的真唯。

以故事而言顯得意外；以人氣而言倒顯得妥當的那個結局，到現在仍在部分書迷間引起激烈爭辯。

※　※　※

然後時間一路流逝，站前的時鐘指向十一點四〇分。

結果在那段期間，走進車站的行人不到五十個，當中沒有一個是留著黑長髮且臉帶睏意的美女。

電車班次依然稀少，但已有兩班擱下我而發車，只剩末班車還停在月台。

「回家吧……」

嘆息的同時，我擠出好久沒發聲的嗓音。

於是，彷彿被自己催促的我從長椅站起，緩緩走向車站驗票口。

結果我花了那麼多時間，卻一無成果地帶著渾身的徒勞感踏上歸途。

依然做什麼都半途而廢、依然帶給許多人麻煩、依然沒有下一週的具體計畫，只能鬱鬱寡歡地度過這個週末……

『那麼，我們在這邊道別吧。』

『最後一集，你要期待喔。』

『再見，「倫理」同學。』

「……啊。」

穿過驗票口時，半年前道別時的問候忽然從我腦海閃過。

那是學姊對我的稱呼，從，「倫也」變成「倫理」的瞬間……

從公園走到驗票口的路上，只要稍微繞一點路……

「啊……啊……！」

那個地方的景像在腦海裡重現，霎時間，我已經轉身從驗票口全力衝向車站外了。

萬一撲空就會錯過末班車。

萬一學姊真的在那裡，我也不清楚該怎麼找人。

那些瑣碎的問題，早從我腦袋消失得乾淨溜溜了。

「她在……」

是我不顧後果的行動，終於博取到神明同情嗎……？

太過輕易地，讓我找到了對方。

「她在……！」

隔著玻璃窗，是留了一頭烏亮長髮的那道背影。

從車站步行到那裡要三分鐘。在站前大樓中聳立得最高；這附近最高級的住宿設施。

『欸。』

『什麼事？』

『今天，你要不要在這過夜？』

『現……現在別開那種玩笑啦，學姊！』

和合傑佛遜飯店。

曾留下許多不堪，讓人實在無法待下去，受到封印的記憶沉眠之地。

然而不出我所料，今天，在那回憶中的地點、在那間位於大廳的咖啡館……

詩羽學姊，她人就在那裡。

「學姊！詩羽學姊！」

我用力敲著玻璃窗，大聲呼喚學姊的名字。

那道背影我絕對不會看錯。

再說，縱使是我看錯，現在也根本沒有猶豫的理由。

「學姊～～～～！」

叩叩叩！叩叩叩叩！

我那超脫常軌的行動，讓咖啡館裡的眾人同時轉頭看向我這裡……

然後只有坐在內側客席的黑長髮的她，才看我這裡一眼，就立刻裝成互不認識，將臉別過去了。

太過分了啦，學姊……

※　※　※

「欸，倫理同學。」

「什……什麼事……？」

「我希望你去死耶，現在馬上。」

「我拚命趕路又不要命地找人，妳卻這麼冷淡？」

飯店附設咖啡館的座席。

在旁人充滿好奇地用目光硬生生扎來的環境下，我被學姊賞以超冷酷視線。

她那輕蔑的眼神，簡直把我當成「與他人妻子有染以後，又和那家的女兒相好，想拋棄姘頭卻讓對方惱羞成怒地逼女兒下嫁別的男人，所以就心有不甘地強闖結婚典禮劫親的狼心狗肺男」。太過分了。（註：影射1967年的經典美國名片《畢業生》當中的情節）

「從根本來說，你要是沒做那種丟臉的舉動，正正常常地從自動門進來，我應該就不會對你這麼冷漠。」

「呃，想到之前付出的辛勞非同小可，我總覺得不表演成那樣好像划不來。」

「看自己有多辛苦，你就會要求別人陪著玩丟臉程度成正比的把戲？每次嗎？」

「沒有，我也覺得很不好意思喔。」

「那你更不應該弄那些意味不明的花樣。」

嗯，有理。只要冷靜下來思考，我也會全面支持詩羽學姊。

所以我很希望可以在發現妳之前就被點醒。雖然我知道沒辦法。

「話說回來，我找了好久……想得到的地方幾乎都找過了，卻每次都落空。」

「我來這座街上時，都是在這裡投宿。我以為你也知道那一點就是了。」

呃，那件事我知道，可是就有些雜七雜八的往事刻劃在深層心理，不讓我想起這間飯店……

這話我也說不出口。

「呃，那個……基本上手機要是撥通就不會發生這種事啦！」

「那又沒辦法。我從傍晚就一直在討論工作啊。還不都是因為……」

說著，當詩羽學姊有些倦怠地瞥向自己旁邊的瞬間……

「欸，小詩小詩，快點幫我介紹嘛！他就是ＴＡＫＩ小弟吧？」

有陣音量壓低，卻又情緒興奮的澄澈嗓音，提起我那只有身邊親友才知道的網路代號。

「……囉嗦耶，妳安靜一點啦，町田小姐。」

「……學姊？」

同時，語氣如臉色般倦怠，精神年齡卻顯得比平時更接近肉體年齡（年幼）的詩羽學姊，緩緩地攔住了對方的話。

沒錯，詩羽學姊這一桌，其實從最初就有客人先到了。

遞來我眼前的名片上，寫著作戰目的和ＩＤ……不是，所屬公司行號和姓名是這麼寫的：

不死川書店股份有限公司

不死川Fantasitic文庫編輯部

町田苑子

以出版社編輯來說算罕見的，從上到下筆挺俐落的黑色套裝。

然而妝畫得偏淡，鞋跟略低，還有剪短的髮型，看來倒也顯得奔放好動。

年紀感覺上微妙地超過三十，但是這總不能隨便問。

「哎呀～～不過沒想到ＴＡＫＩ小弟真的存在耶。畢竟我一開始，還以為那個網站是小詩自己設的隱性行銷部落格。不然像這樣突然蹦出來的新人作家，怎麼可能會吸引到那麼熱情的瘋狂

TOILET

粉絲嘛。」

「妳把自己公司選出的新人獎作家講到那種地步……？」

……還有，我對那張臉、髮型和服裝隱約有印象。

記得有那麼一次，學姊表示：「剛才談事情拖了些時間。」遲到三十分鐘才出現在約好見面的場所，而她就是當時在學姊身後不成熟地瞎起鬨的成年女性。

「欸，TAKI，往後你那個部落格要不要正式和我們連動？那樣我就可以將還沒發表的情報和素材下放給你，對彼此都好處多多喔。」

「呃，那樣做就正式變成隱性行銷了啦！」

「不然你也可以表明自己是官方部落格喔。我對你，應該說敝公司對你的宣傳力很感興趣。畢竟那部樸素過頭的《戀愛節拍器》，原本屬於『即使評價好也賣不掉的作品』的頭號楷模，它能攀升到輕小說部門的網路銷售排行榜第一名，肯定是你那個部落格的功勞。」

「沒……沒有啦，妳太看重我了！」

「同時也讓我覺得自己太被看輕了呢……」

「怨誰呢～～？第一集剛出那時候，可是完全沒有再刷的動靜喔。總編也說過：『這樣三集就要腰斬了吧。』當時，我已經拿到連第五集最後一話在內的完整劇情大綱了，還怕她難過而說不出口。」

「咦，有那麼慘嗎？」

「我還真希望妳永遠別把那些情報說出口……」

「結果第二集一出，書店卻忽然開始追加下單，我覺得納悶就上網路搜尋，頭一筆登出來的正是你那個網站……唉，雖然比我們公司的官方介紹排得還前面，有點刺激到我就是了。」

「啊，不過，我想那是貴公司不好。」

「那時候官方放牛吃草的態度真的很過分呢……」

「唔……哎呀，先不談那個！所以囉，編輯部分析過，這部作品有三成銷量屬於你的功勞。雖然某個看不清局面的作家常常發牢騷說：『真正有趣的作品即使不宣傳，也遲早會大賣。』坦白講那麼晚才獲得好評，到時也早就腰斬了，公司這邊也嚐不到跨媒體行銷的甜頭，經手那種作品可真傷腦筋呢。」

「呃，這種話和讀者坦白講出來真的好嗎？」

「我沒有發過牢騷……我才沒有看不清局面……」

「然後啊，接下來就是正題了，《戀愛節拍器》的熱賣已經打好基礎，所以這次我們預定從一開始就主動出擊。從第一集就要大張旗鼓地與和合市舉辦地方性的提攜活動。」

「咦，舞台又是在和合市嗎？」

「那當然，故事對這座城鎮提到這麼多，有地方能贊助我們就沒道理放手。」

「嗯……啊！那麼，下部作品在同一處舞台，就表示和前作也有關聯囉……？」

「你很機靈呢。大致上會是相同地點、相同時間軸，發生在不同登場人物之間的故事，雖然我希望要是能稍稍將前作角色帶進故事裡就更好。」

「原來如此，要營造霞詩子世界嗎？是打算用共通世界觀推銷出去對不對！」

「正是那樣。所以白天時我們不只去了書店，也拜會過幾個會出現在作品裡的候補地點，想尋求他們的贊助。」

「唔喔！夢想變得好大！那……那麼，除了那些以外，也可以聯絡觀光協會，訂定製作觀光手冊的企畫；還可以趁早預約當地的活動場地！」

「對！就是那樣！不愧是宣傳力十足的TAKI。談什麼都容易！」

「呃，兩位……」

「還有，先找好鐵路公司以及遊覽車公司也是基本的吧？彩繪電車大概會花多少費用？」

「那就非要等原作、動畫、相關商品都賣到翻才有得談了，但是也不用從一開始就割捨那種可能呢。」

「你們停一下……」

「對了，有沒有先申請網域名稱？書名發表後才申請，就會被怪傢伙將合用的名稱先搶走，趁早行動比較好喔。」

「啊啊，我忘了！因為我也要照料其他作家，總不能時時都顧著小詩。不好意思，你能不能幫忙申請幾個可以當候補的名稱？」

「那為了動工，我需要的情報是書名、角色設定、主要圖稿還有……」

「倫理同學…………！」

「有！學姊——？」

儘管那陣嗓音絕不算大，應該說音量比之前更低，而且更小……

可是，震源深度似乎相當可觀，連我的膽子都沉沉地震撼到了。

「受不了，我早就認為絕對不能讓你們倆見面，實際像這樣目睹，真是煩得超乎想像。」

「對不起，學姊……」

「就算妳那麼說，做我這行就是要開口，哪有辦法嘛……」

詩羽學姊的怒氣不只針對我，也發在町田小姐身上。

不過，連面對年長許多的責任編輯都用那種口氣好嗎？

「真的耶，為什麼我身邊的御宅族都這麼饒舌？」

「唔哇～～明明都要靠御宅族做生意，妳卻講出那種瞧不起顧客的發言。這是誤以為自己變成大人物的不長眼作家常常會犯的一種中二病。從編輯部立場來看，病情已經深刻到必須重新考

量往後的相處模式囉～」

「妳不用在指正別人以後就馬上親身示範。」

然而，町田小姐的舌鋒也毫不遜色……應該說，她幾乎從一開始就沒把詩羽學姊的態度放在心上，始終挑釁個不停。

「況且……」

原來是這樣，學姊的毒舌就是每天如此鍛鍊出來的。那屬於必要之惡……

說著，詩羽學姊這次望了坐在正面的我，然後果不其然地深深發出嘆息。

「我這輩子的第一個書迷不只煩人，而且既沒用又膽小……真是的，為什麼會落到這種下場呢？」

「啊，學姊剛剛的台詞是不是太樣板化了？妳想嘛，感覺就像：『啊～我為什麼會喜歡上這種人呢？』那種調調。」

「……TAKI小弟，那可不好笑，你最好別繼續說下去喔？」

「但是妳不覺得嗎？以寫出《戀愛節拍器》的霞詩子來說，台詞挑得有點輕率耶～」

「拜託，我不是那個意思……該怎麼形容比較好呢？你這一桿太貼近洞口了啦。」

「咦？町田小姐妳剛剛說什麼？請不要用那種即使不是遲鈍耳背的男主角，也一樣聽不見的音量嘀咕喔？」

「好了，雖說兩位聊得酣暢淋漓……都給我閉嘴。」

學姊這次出聲，震源似乎是來自巴西一帶。

「那麼……倫理同學。」

「是……」

如此這般，町田小姐在臨走以前，嘴裡同樣不停調侃著詩羽學姊，最後才總算離開咖啡館。

於是，與方才比較只顯滑稽的靜寂造臨現場，讓我們深深體會到，自己究竟給旁人添了多少困擾。

這麼說固然失禮，不過干擾者也消失了，我們終於可以進入正題。

「學姊，我……」

我在大腿上緊緊握起雙拳，鄭重嚴肅地開口……

「我們差不多也可以走了吧？」

「事情根本還沒開始談耶？」

然後瞬間遭到岔題。

「這裡最後接受點餐的時間是晚上十二點。所以我們差不多該離開了。」

「唔，真的假的？」

看向時鐘，距離最後點餐時間，將近過了三十分鐘。

對喔，結果我什麼都沒點……給店方添了好幾層困擾。

「不過就這麼回去，確實會讓倫理同學白跑一趟……怎麼辦呢？」

「呃，那麼我們離開這裡，去附近的家庭餐廳怎麼樣？」

「會很久嗎？你要談的事情。」

「唔，多少吧。」

「是嗎……那你跟我來。」

「啊，好……」

說著，詩羽學姊看完手機簡訊，就拿起帳單為我帶路。

所以我沒有多想，只顧著跟到她後頭。

……不過就是「沒有多想」才惹了禍。

※　※　※

「…………」

窗外，是和合市的整片夜景。

在深夜，這處離都市核心略有距離的通勤住宅區，燈光正從車站周圍開始慢慢減少，和燦爛通明的彩光洪流相比，別有一番閑靜風情。

「…………」

好安靜。

在隔音完善的建築內部，聽不見外頭的任何一絲聲音。

來往於十字路口的車輛、依舊營業中的店家、走在路上的行人，即使看得見形影，他們生活的聲音也傳不到這裡。

「…………唔。」

呃，那片寂靜裡混進的些許雜音，顯得格外入耳。

那來自我從剛才就默默盯著的門後面。

飯店房間裡，從浴室傳來的沖澡聲音……

「咦咦咦咦！這什麼狀況？」

目前，我所待的這個地方不是家庭餐廳，也並非網咖。

記得門上寫著一三二五，所以那就是店名……才怪，代表這裡是十三樓的二十五號房。

當然，也不會用「其實這裡是大樓頂層的Ｇ○ＳＴＯ（註：連鎖家庭餐廳「ＧＵＳＴＯ」）」

之類的方式收尾喔。

就在三十分鐘前，我沒有多思考地，聽從了詩羽學姊那句：「跟我來」。

在我腦子裡，原本邊走邊想的，是到家庭餐廳談完事情以後的行動規劃。

事情大約會談一、兩個小時，之後在首班車發車前的幾個小時要怎麼打發……

讓詩羽學姊先回飯店，我則一個人拿飲料當成混時間的朋友；或者轉移陣地到網咖，拿飲料和漫畫新刊當成混到早上的朋友。

另外，我也想著早上要在松〇、食其家、吉〇家、東京〇食（註：「松屋」、「吉野家」、「東京力食」皆為知名牛丼店鋪）當中選哪一家吃；是說已經敲定非牛丼不可了喔？而且這裡根本不是東京，會有東京力〇嗎？

……就因為我淨想著那些無關緊要的瑣事，才會連詩羽學姊並沒有走向飯店外面，而是搭上飯店電梯這種事都渾然不覺。

「啊……啊啊？」

而現在……終於連浴室的沐浴聲，也停下了。

「讓你久等了。」

「啊，不會，那個……」

浴室門一開，眼前理所當然地，是這個房間今天的主人。

她披著白色浴袍，一邊還用毛巾裹住長長的黑髮擦拭水分。

「對不起喔，白天到處奔走流了汗，讓我很難受。」

「您……您說的是。」

「倫理同學要不要也洗個澡？」

「不用，心領了！」

「…………」

「……唔？」

這段對話到了最後，詩羽學姊臉上忽地露出放鬆的笑容，並且十分自然地坐了下來。

……就坐在我旁邊。床鋪上面。

話說我怎麼會坐在這種要命的位置啦，我真蠢。

「欸，倫理同學。」

「有，學姊……」

詩羽學姊大概正望著我這邊。

沖完澡的肥皂和洗髮精香味、以及替太強的冷氣稍稍減緩寒意的肌膚體溫，都輕輕瀰漫包裹

著我。

「那麼我告辭了！」

「……我們什麼都還沒有談完喔。」

「可……可是！非住宿客人不是禁止進房間嗎？」

「你已經是住宿的客人囉，倫理同學。」

「從什麼時候！」

「剛才町田小姐離開時，就在櫃台替你辦好手續了。你看，這是她傳的簡訊。」

「妳們表面上不和睦，其實配合得默契十足耶！」

原來，學姊剛才離開咖啡館時，看的就是那封簡訊……

話說她們倆這樣搭檔設計我，到底有什麼好處？

難道我有那麼高的御宅族資產價值……？

「欸，倫理同學。」

「有，學姊……」

如此這般，完全沒有折旗跡象，我們又回到幾秒前的狀況。

「你是追著我來的？」

「呃，那個……對。」

這時候說謊也沒有意義。

「所以，你連末班車都錯過了？」

「哎……是的。」

說謊可不行。

「你真的很笨耶……」

「……對啊，那我無話可說。」

面對老實的我，詩羽學姊展露出一些些溫柔。

該怎麼說呢？因此感到高興的我，是個糟糕的傢伙。

「…………」

「…………」

學姊沉默下來了。

她最後說出那段溫柔的話，讓房裡充滿溫暖的氣氛。

「…………」

「呃，學姊。」

「…………」

即使出聲叫她，也沒有回答。

只是我的肩膀上，稍稍多了股分量而已。

她將頭，靠了過來，如此而已。

「…………」

「……學姊妳睡著了嗎？」

「哪有可能。」

「就是說嘛～」

那就表示……

接下來，都交給我判斷了嗎？

交給半年前，分不清那句邀約是戲弄或認真而逃走的我判斷。

交給在學姊口中變成「倫理同學」的我判斷。

「…………」

「…………」

神啊，請告訴我。

我該怎麼做？

我還要和她重複幾次這種互動？

CERO什麼都不肯回答我……神啊，請告訴我吧！

※　※　※

窗外，是和合市的整片夜景。

夜景依舊沉靜。

「……學姊。」

「…………」

房間裡，有詩羽學姊在。

她依舊沉靜。

所以，要打破那片沉靜，終究是我身為男人該負的職責。

「我今天，去了六天場購物中心喔。」

「你和加藤去約會？」

「或許算約會，不過我們是去取材。」

「…………」

感覺，學姊的身體僵硬了一點點。

感覺，學姊的體溫變低了一點點。

「我們搭電車和接駁車花了快兩個小時。而且因為剛開幕沒過多久，人潮擁擠得不得了。到達以後，我突然就變得身體不舒服……」

「就算那樣……你還是玩得很開心吧？」

「是的，非常開心。」

「…………」

開心得讓我能立刻那麼回答，真的。

對於差點被壓力擊垮的我，普通地表示關心。

對於仍堅持不回家的我，普通地表示接受。

坦白而且不經矯飾，毫不客氣地列出自己想逛的店。

到了每間店，都能充分享受採購或者純逛商品的樂趣。

投入得稍微超出預定的時間。

即使如此還是想全部逛完，而變得有一些些任性。

配合在購物中心加緊腳步到處趕路的我，而變得有一些些拚命。

而且……沒有排斥我。

態度十分自然地……不對，稍微特別地，送了我一份禮物。

面對我表現得不習慣的回禮，同樣，態度稍微特別地收了下來。

面對大啖甜食的我，儘管有點退縮，也還是普通地望著我。

讓人感覺像約會的對話，也斟酌地用淡然的態度中和。

言行間表現得就像朋友，讓不適應那種氣氛的我也不至於害羞。

聽到我中途說要回去，卻稍稍地，出現納悶的表情。

然而解釋過原因，就坦然地接受了我的說詞。

離別之際，還肯帶著笑容送我……

我真的，玩得好開心……

即使在客場，也玩得好開心。

正因為對方是加藤，我才會被拉去客場。

不過，因為有加藤在，我玩得很開心。

她完全不會丟下我，可是也不會強迫我染上客場的色彩。

要是我表現得強硬，她就會巧妙吸收。畢竟態度夠淡定。

即使我做出奇怪舉動，她依然可以融入環境。畢竟外表不顯眼。
因為加藤普通，才讓我玩得開心。
才讓我，保持心情輕鬆……

「…………」
「…………」
當我將那些事說得告一段落之後，學姊靠在我肩上的重量和體溫，不知不覺中都消失了。
只有餘香仍微微瀰漫著而已。
「然後呢……？」
此外，她那嗓音也再度變得又低又冷。
「所以，我現在是被狠狠甩掉了？」
「呃，我們並沒有在談那個。」
「要不然，你是想留個方便的備胎？」
「別對一個御宅族處男要求那麼高的能耐啦！」
基本上，明明光是來飯店就讓我心驚膽跳了。
雖然，我知道學姊大概有百分之八十的機率是在捉弄我。

……附帶一提，假如我出乎所料地有那種意思，感覺事情就會變成：「算了，那倒也可以。」的機率大約百分之八十。

唉，流了太多汗，我好想沖澡。雖然我知道那是陷阱。

『要是就這樣動工……我不會開心。』

「就是因為這樣，學姊那份大綱……要重寫。」

但我拚命壓抑自己心中的悸動，一面開口……

終於，進入正題了。

※　※　※

「學姊寫的大綱確實很有趣。情節壯闊，故事規模又龐大，充滿巨作強篇的感覺……」

「你說的那些都是相同意思喔，倫理同學。」

「……呃，總之內容很棒。我做個訂正。」

總算開始了。

原本應該要在星期五之前結束的大綱點評。

「你明明誇得那麼好，為什麼卻要重寫？」

「…………………………那是因為，那份劇情大綱裡面，只有長達數代的恩怨、只有多舛的命運、只有血脈牽成的宿命。」

「……剛剛，你在開口之前，很拚命地檢查過三句話的修辭有沒有重複，對不對？」

聽似挖苦，學姊的表情仍認真無比。

「大綱裡沒寫到取回日常生活的劇情。結局沒有讓巡璃……從瑠璃變回普通的女同學啊。」

「那是因為……」

「為什麼學姊會那樣寫？何必將那個平凡可愛的女生割捨呢？」

「因為不那樣安排的話，瑠璃會消失呀。」

不知不覺中，我們已經不是並肩坐在床上，而是坐在椅子，並且隔著桌子面對彼此。

「要是將瑠璃消掉，過去篇就沒有任何意義了。好幾個世代累積下來的劇情基礎都會變得白費喔？」

「可是，對今生的誠司來說，重要的不只瑠璃，巡璃也很重要吧？特別是在共通路線中，他和記憶恢復前的巡璃，不是也變得普通要好嗎！」

「……那算不算巡璃今生的個性，會是判斷出現分歧的一個部分。」

「學姊那樣說，是什麼意思？」

「畢竟，巡璃身上繼承了過去的記憶。她在今生構成的人格，怎麼可能不受過去的記憶影響呢。」

「縱使是那樣，就算巡璃的本質就是瑠璃，我不覺得她在今生構築的記憶和性格，就可以被消掉啊！」

「咦……？」

而且，我們認真地交相爭論。

「巡璃確實會為了過去的記憶苦惱；也會辛苦得團團轉；還讓自己的人生改變；或許才因此喜歡上從前世以來就因緣相繫的對象。」

吵架似地讓彼此的意見衝突，有錯就指正得毫不留情。

有時會拉開嗓門，更會用力拍桌。

我們就是那麼認真地，針鋒相對著。

「可是，她平平凡凡地受到雙親關愛、平凡地上學、平凡地與男孩子相遇，然後戀愛……那些由她憑著自己意志、心路歷程和記憶活過來的部分，在劇本裡就算更重視一些也可以吧！」

「唔……」

所以，從學姊的浴袍縫隙快要有春光外洩，純粹是她太投入於話題才沒發現而已。肯定不會錯。特地點明就太不識相了。

「和普通女生普通地玩，讓我很開心。」

在旁人聽來，這段爭論八成非常非常蠢。

「即使到了客場，我覺得有加藤……不對，有巡璃在就會很開心。我覺得和巡璃過普通的日常生活，也會相當開心。」

這是款還沒做好的遊戲、這是篇還沒寫好的故事；對於不過是紙張或螢幕上，徒具符號意義的角色人生，我認真地為其著想，希望能設法將他或者她導向幸福。

「所以我想看到他們不輸給命運，將日常生活取回來的劇情發展。我想要普通的巡璃結局。我想要看到平凡無奇的戀愛，能勝過盤根錯節的前世因緣的那種劇情線！」

不過，我現在可以斷言。

御宅族，就是那樣的人種……

「那樣會有趣嗎？」

「會！……呃，我只能說，至少我覺得好玩就是了。」

「嗯，那樣的話我不能忽略。要是照你以往的感性和市場評價來看。」

「既然這樣……可以吧？我想和巡璃更甜蜜啊！」

又瞎又熱情，而且還挺噁心。

御宅族就是如此愚蠢、卻又應該受到關愛的人種……至少在身邊親友看來。

「可是……想在現在的大綱安插那些劇情，很困難喔。」

「我知道。所以這個問題才會一直卡在我的腦袋……學姊那份大綱太充實緊湊了，沒有加寫內容的餘地。」

「沒辦法嘛，我最先捨棄的就是那段劇情發展。因為感覺像雜質。」

「那就重新構思一遍吧！」

「重新……構思？」

「看是要新增前半的描寫、或者中間的劇情、或者末段的整條劇情線……從現在動工，也還來得及吧？」

「…………」

「學姊？」

然而面對我那種御宅族性質的熱忱，學姊不知道是不是仍無法苟同，她垂下目光，鬆開交抱的手臂，神情十分疲倦。

接著，在躊躇了一會以後，從她喉嚨裡擠出的話是……

「那麼，你要殺掉瑠璃嗎？」

「咦……？」

那陣嗓音，和我要推崇的角色不同，卻懷有和我一樣的惋惜。

「果然……對你來說，比起過去的因緣，現在的心意更重要？」

「學姊……？」

那是段冷漠無比、而又彷彿怒火中燒的熾熱表白。

「既然這樣，還不如全部改掉重寫……那麼做，我才能放得下一切。」

即使認同了我的主張，也還是無法放棄自己的想法，聲音顯得不甘心。

沒錯，詩羽學姊並非無法理解我這股狂熱的堅持。

只不過，她也有她身為御宅族無法妥協的堅持罷了。

既然如此，我……

「保留下來吧。」

「咦……？」

我決定，推動學姊那股冷中帶熱的堅持。

「雖然我說過巡璃很可憐，但是瑠璃一樣超萌的喔。始終惦記著過去回憶的男女關係，也是我最愛的橋段喔。」

「倫……倫也學弟？」

「她盲目仰慕主角的部分很揪心喔。『哥哥』和『兄長』都非常符合需求喔。」

「……什麼嘛，原來你只是個沒節操的男人。」

「沒節操又有什麼關係。兩邊都追得到比較好吧？再說那樣也能順應遊戲玩家的需求。」

「呵呵……」

於是，聽了我那項決斷，學姐擺回平時那副有點冷淡的微笑，藉此表示認同。

對於那種反應，我現在高興得不得了。

「好，那就從現在開始修正大綱！總之要新增選項，採用在遊戲最後可以選擇巡璃或瑠璃的方針！」

「這表示要選誰的結論，會拖到最後一集對不對？」

「在遊戲裡是這樣！」

※※※

「像這種感覺？」

「不對，角色性再淡薄一點。」

「……還要更薄？那樣會變成純粹的路人喔？」

「『同學B』的感覺要再多一點……同學A是耍笨不好笑也不至於冷掉的逗哏，她的定位就是吐槽不怎麼犀利的捧哏！」

「我不了解你想要形容什麼……」

「就是能讓人感到心情祥和的女主角……稍微類似療癒系吧？」

「可是，我覺得這已經滿接近加藤了……」

「……並沒有人要求照加藤的原模原樣設定耶？」

「你從剛才指定的內容就完全偏向她喔？」

「那……那沒辦法囉，用加藤當構思的基準好不好？」

「事到如今還用傲嬌那一套……」

時間是凌晨三點。

我們的「修正作業」已進入佳境。

首先是修正巡璃的角色設定。

我看完詩羽學姊陸續完成的角色台詞樣本，然後接二連三地做出修正指示，再由學姊照指示修改，這樣的步驟不停反覆。

到現在，由於「角色太鮮明」而要求重寫已經是第三遍了。

「這是樣本，所以當然會用誇飾手法強調嘛。」面對學姊這種再有理不過的抱怨，我也全部駁回。

創作這回事，真是殘酷……

「該怎麼說呢……要讓這個女生更難追，可是也不能不容易親近。」

「那兩種特質是要怎麼共存啦……」

「這個嘛，要貼近她半步很容易，可是無論怎麼反覆努力，都不能貼近一步的感覺？」

「……阿基里斯悖論？」

「對，我就是想被那種微妙的祥和、討厭的安心感、以及讓人焦慮的絕望感折磨。」

「抱歉，我還是不懂。」

從窗外看見的夜景，也已經比剛來這個房間時少了許多燈光。

學姊依舊毫不停歇地敲著筆電的鍵盤，並且讓我指示的內容反映在螢幕。

然而，我在她叫我以前都沒有轉向那邊，只顧將和合市緩緩被黑暗吞沒的景象烙進眼底。

儘管這樣的態度也讓人覺得有點冷淡，不過沒辦法。

畢竟，學姊映在玻璃窗上的模樣……

「～唔！」

脫光光了！不是，浴袍變得空門大開了啦！腰帶都已經鬆掉了！

「角色薄弱到那種程度，猛一回神發現變化就會讓人心動啊。應該說，看起來會突然變得很可愛。」

「是不是類似形象落差造成的萌點？」

「也許很接近。但是，不能讓她固定在那種狀態。『啊，這傢伙好像很可愛。』這種想法出現的下個瞬間，又會變成淡然得一如往常的加藤……不對，我是說角色啦。」

「……無所謂了啦，就直接叫加藤吧。」

「把那種可愛的瞬間稱為『動情』，平時的調調則叫『淡然』，以比例來講就是淡然、淡然、動情、淡然、淡然、淡然、淡然、動情……差不多像這樣。」

「好……好難懂……」

「詩羽學姊肯定寫得出！不對，不是學姊肯定寫不出！」

「我遲早會把你○掉……」

※ ※ ※

「嗯，這就對了！這種微萌感！這正是加藤惠……不是啦，這就是叶巡璃！」

「……那麼，將大綱修改成讓主角和這個角色變得要好的方向就對了？」

凌晨四點。

角色設定，終於敲定了。

……明明是如此值得紀念的瞬間，但和我興奮到巔峰的情緒相比，詩羽學姊感覺卻像沉在谷底。

話說她應該很睏吧。哎，我也非常睏就是了。

「那麼，今天就先忙到這裡……」

「嗯，你可以先睡了喔？」

「咦，學姊呢？」

「我……會窩在那裡繼續寫稿。」

說完，學姊捧著筆記型電腦用手指去的，是位於房間角落的組合式浴室門口。

「何……何必那樣？」

「那樣你也能安心吧？」

「我本來就沒有擔心啦。」

話說，普通來講我和學姊的立場應該完全相反才對，為什麼會……

「我不在早上之前將進度趕出來不行啦。明天我和町田小姐也有工作要討論。」

「怎麼會這麼倉促……那妳打算徹夜趕稿嗎？」

「我是作家，這種事是常有的喔。」

詩羽學姊說得若無其事。

她這種生活步調，平時會顯得愛睏也是當然。

這樣學姊是怎麼將成績保持在第一名的啊？真是個深不可測的人。

「再說，我接下來要寫的是大綱，所以……」

「啊……」

於是，在這個瞬間，兩人腦裡浮現的影像應該是一樣的。

使勁打鍵盤之餘，還像鬼上身似地不停笑著的詩羽學姊……

的確，讓別人看見那幕景象，對學姊來說肯定很痛苦。

可是……

「所以囉，晚……」

「不要緊啦，就在這裡寫吧。」

「咦？」

「或者，由我去那邊睡好了？要是學姊無論如何都不想被人看見的話。」

「倫理同學……」

花樣年華的高中女生坐在組合式浴室打字，那情景會有點像在廁所吃飯，太淒涼了。

還有，筆電要是掉進衛浴設備裡可就慘了。

「根本來說，總監或編輯守在截稿前的作家身邊是理所當然的吧？學姊現在還有什麼好害羞的呢？」

「……下場我可不管喔？無論暴露出什麼醜態。」

「我才不會幻滅啦。基本上學姊的形象又沒有好得足以讓人抱持幻想。」

也許是熬夜所致，面對我滿不保留的那番話，詩羽學姊仍用一副毫無陰霾的笑容望著我。

「那麼……就麻煩你陪我到天亮囉？」

冷靜想想，這段話和「伴妳到天明」是相同意思嘛……

「好！我要是快睡著，要把我轟起來喔？」

不過，有什麼關係嘛。

儘管笑吧，詩羽學姊。

和平常一樣，將創作者的本性展露無疑吧。

因為我這個熱情書迷，迷的就是那樣的霞詩子老師。

※　※　※

……以上種種想法，只能說是我看得太過天真。

「可惡！可惡！可惡！」

「學……學姊……？」

「這傢伙算什麼嘛！這女人是怎樣！之後才冒出來卻橫刀奪愛，居然搶走我的心上人！」

我以為學姊只會笑……沒想到還有其他面貌……

「我要殺了她……我要殺了她！我才不承認妳是我的轉世！」

「不要不要不要啊！」

「我是這麼愛他……我明明就這麼愛他！為什麼我的心意無法傳達給他呢？」

話說，我完全遺漏掉學姊被瑠璃附身的可能性了。

現在的詩羽學姊，已經是鍾愛的哥哥被孫女搶走而失心狂亂的修羅（病嬌）之妹……

「什麼嘛！難道作家就不能戀愛嗎？就不能對書迷動真情嗎？」

「欸，那不是瑠璃的台詞了吧？」

女人……不對。

創作者的本性……真是恐怖。

※　※　※

「早安。」

「…………」

「早安，倫理同學。」

「啊……？」

睜眼瞬間，闖進眼簾的是朝霞光芒。

還有將那顆太陽遮住一半的，和合市的眾多大廈。

以及……

「你睡得好嗎？」

「噫？」

以及……修羅（病嬌）之妹……

「唔，什麼嘛，你睡迷糊到現在還沒清醒嗎？」

「睡……睡迷糊……？」

不對，是和修羅（病嬌）惡煞一樣的詩羽學姊。

……沒有啦，不需要修羅那種字眼。

「你從剛才就在夢魘喔，作了什麼惡夢嗎？」

「呃，我不是因為作夢才夢魘，是剛才詩羽學姊的模樣太……」

「那也是你夢到的內容……懂了嗎？」

「懂……懂了。」

於是，就在那個瞬間，又窺見「剛才的詩羽學姊」那種臉色的我，把許多差點冒出口的話吞了下去。

望向時鐘，已經快要八點。

天亮以後過滿久了耶……由於我被輕輕地蓋了條被單，都沒有發覺。

接著，因為穿著衣服睡起來太熱，將襯衫和牛仔褲都脫掉的我，這才像剛經歷初體驗的女生那般，連忙用被單裹住身體。

「呼啊～～……咦？」

「怎麼了？」

我在睡眼惺忪間，又一次望向詩羽學姊那邊，因而察覺從剛剛就一直有的異樣感來自哪裡。

「妳要去吃早餐嗎？」

不知不覺中，詩羽學姊已經穿上衣服了。而且是穿制服。

這表示說，她是在我面前換上裙子和絲襪的吧。

「沒有，我已經要出發了。」

哎，沒看到還滿……滿好的啦！

「唔，會不會太早？」

「我下午有模擬考喔。所以談工作是從八點開始。」

啊，所以才會穿上制服嘛。話雖如此……

「真是辛苦耶。」

「我樂意做這項工作啊，所以沒什麼。」

真的，學姊充滿活力……

儘管在學校，都隱藏著魔神般的本性。

儘管那副本性，在男生中頂多只有我知道。

不過，學姊是那樣堅強、那樣可靠……那樣地美麗、富知性而具有魅力。

雖然有時候也會暴露出黑心的本性。

即使如此，以一名作家而言真的令我尊敬，還是個棒得不得了的女人。

為什麼，我會和這個人……

為什麼，我會沉淪成這樣呢？

昨天，我明明和學姊孤男寡女地過了一夜，卻像這樣什麼都沒……

「感覺你好倦怠耶。還沉浸在昨晚激情的餘韻嗎？」

「激情是指擬定大綱吧？」

「不要緊喔，我不會告訴那兩個人。」

「那兩個人是指誰？」

對喔，我覺得最大瓶頸是她這種露骨過頭的言行。

當個守倫理的倫理同學並沒有錯。

「麻煩你在十點以前退房囉。費用已經付過了，之後只要還鑰匙就好。」

「好……好的……」

詩羽學姊大概是逗我逗膩了，捧著行李就匆匆開了門。

然後在離去之際，當門關上一半時，她小聲說道：

「昨晚的事，我很高興喔。」

「不要再開那種玩笑了……」

「和你一起創作果然很開心，我重新認識了那一點。」

「咦……？」

那不是說笑、不是戲弄、也不是挖苦。

「歡迎來到創作者的世界，安藝倫也同學。」

那是身為同行的鼓勵。

「是你，肯定辦得到。」

那是身為學姊的信賴。

「因為你身上，有足以令我認真的熱情；有確實的構思力及表達力。」

那是一絲絲，身為女人的嫵媚。

「那時候的我，曾經只為了一個書迷而嘔心瀝血地下筆。」

現在回憶起來，當時的我，還向作者談論作品往後的構想，照理說真是個不顧前後的書迷。

「為了回敬那個糾纏不休又煩人而讓我困擾的書迷，我一而再、再而三地重複推敲，和編輯衝突……即使如此，還是不氣餒地將作品寫出來了。」

不過，有時我會得到她對那些要求的答覆，有時則得到反面回響。

「所以，我也會對你那樣期望。」

《戀愛節拍器》的後半，蘊藏了許多那樣的寶物……

「……縱使，那是為他人作嫁衣裳也一樣，你懂嗎？」

我確實……收到那些寶物了。

「往後也請多指教……讓我們一起嘔心瀝血吧？」

所以這一次，要是能在將來報答學姊就好了……我如此冀望。

「因此，我就是倫理同學作品的第一號反對者囉。」

「……嗯。」

不是粉絲嗎？

我才不會這麼回嘴。

因為我認為，那句不識趣的吐槽，和我們嶄新的起程並不相配。

終章之一 或者五・五章

「真的對不起，加藤！我絕對會在最近找時間彌補妳！」

六天場購物中心的甜點吃到飽自助吧。

星期六傍晚，有大量情侶和女性顧客人擠人的時段。

我將頭低得幾乎要貼到桌面，加藤則坐在對面，多到令人感到不好意思的視線扎在我們身上。

呃，要以不好意思的程度來說的話，絕對是加藤壓倒性的高，想到這一點，又讓我格外過意不去。

「沒關係，我不介意喔。嗯，真的。」

「這樣啊……謝謝。」

我剛剛，才把所有事情和加藤交代清楚——

「為了找出詩羽學姊的劇情大綱是哪裡不對勁」。

讓今天這場約會成行的，不純正目的。

以及來到這裡，所獲得的成果。

因此，我現在該立刻採取的行動內容。

那就是，趕到詩羽學姊身邊……

「倒不如說，一旦打定主意之後，就會變得坐也坐不住、站也站不住，很像安藝你的作風呢。」

「這樣子，很像我的作風嗎？」

「要說是不懂得忍耐、或者不顧別人、或者任性呢？」

「對不起對不起對不起。」

「啊，我並沒有惡意。」

「我倒是想問，剛才那些形容可以將善意藏在哪裡？」

我揭露的那些真相，對於女生來說也許挺過分的，但加藤還是一如往常的淡然，不過她也用了略顯溫柔的目光回覆我。

「可是既然這樣，你不快點趕回去不太好吧？等你到那邊就已經入夜了喔。」

「不過……」

「我會再待一陣子才回家。畢竟稍微休息一下，好像就能再吃一塊蛋糕了。」

「這樣啊……真的很抱歉，沒辦法陪妳一起回去。」

「一起回去或個別回去，大概都一樣喔。在回程電車上，我們兩個肯定都會睡著。」

「那個嘛，哎……我是絕對有自信睡著啦。」

「我也是，畢竟今天五點就起床了耶。」

「我幾乎沒睡就是了！」

「啊哈哈，你好拚命喔。」

現在讓我最開心的，是她那種灑脫的態度。

真的，和加藤在一起都安安穩穩的，好順心。

這種感覺，我絕對要在遊戲裡表達出來……

「那我先走囉！」

「啊，安藝。」

「怎樣？」

「和好要加油喔。星期一，要好好地將霞之丘學姊帶來社團喔。」

「好，交給我吧！」

我不會再回頭了。

加藤肯定還帶著平時那副角色性薄弱的笑容，對我揮著手，我留下她，離開甜點無限享用的店家。

……雖然我忘了拿帳單，就到星期一再和她拆帳吧。

※　※　※

「呼……………………好了，我也準備回家吧。」
「啊，現在別動。」
「澤……澤村同學？」
「午安，加藤同學。」
「妳怎麼會在這裡？」
「實在好巧喔。」
「普通並不可能這麼巧吧？」
「所以人生才有趣啊。」
「妳怎麼會帶著素描本？」
「因為這是美術社社員的必備品。」
「那麼，為什麼妳正在畫素描？而且還是畫我。」
「都叫妳別動了嘛！」

「好……好的！」

※　※　※

「…………」

「…………」

「呃，澤村同學。」

「要說幾次『別動』，妳才會懂呢？」

「至少讓我動嘴巴就好。」

「怎麼樣啦？就像剛才講的，我會在這裡純屬巧合……」

「嗯，關於那一點說什麼也沒用，我已經決定不多問了。」

「……雖然妳的說詞每字每句都讓人亂掛意的，所以呢？」

「我從之前就在想……澤村同學，妳那麼討厭安藝嗎？」

「妳導出的結論怎麼會是我討……那種再當然不過的事，到現在還用問嗎？」

「呃，剛才妳說到一半改口的那句話，要是接著說完……」

「不要每次都打岔，繼續說妳本來要說的啦。」

「妳總是在生安藝的氣耶。你們是青梅竹馬吧？」
「長期接觸那種人渣，厭惡感也會變得非同小可吧。」
「可是我覺得他不算壞人啦。」
「他根本是糟糕透頂、惡劣到極點的非必要之惡。」
「安藝那樣是有點煩人，不過他做事時都全心全意，也有行動力。」
「他非常煩，光會全心全意扯人後腿，行動力都用在多餘的地方。」
「澤村同學，妳說別人壞話時也是用全力耶。」
「而且又喜新厭舊，馬上就背叛別人，最爛的是他會外遇。」
「咦，妳曾經讓他外遇？」
「是妳才對吧。」
「啥？」
「剛剛約會到一半，就眼睜睜地看他趕去找其他女人的心情如何？」
「那是為了社團啊。而且這本來就不算約會……」
「那點藉口能讓妳接受？」
「我覺得那並不是藉口喔。畢竟，霞之丘學姊是社團的珍貴伙伴，以製作遊戲來說也是重要班底。」

「對啊，她是珍貴又重要的人。對那個笨蛋來說。」

「而且，我同樣也希望，他們兩個能盡快和好。」

「呼嗯……」

「？妳抱著什麼不滿嗎？」

「並沒有……」

「啊，不過說到這個。」

「怎樣？」

「澤村同學，我像這樣和妳單獨談話，其實是第一次吧？」

「是這樣嗎？」

「妳想嘛，去社團時總是所有人都在，別的時候我們又沒有交集。」

「……或許吧。」

「從這個意義來說，要感謝今天的『巧合』才行呢，啊哈哈。」

「…………」

「欸，澤村同學……」

「完成了！」

「咦，完成什麼？」

「看吧，這就是妳『憋著火的表情』！」

「…………」

「畫得很棒吧？嗯，我總算掌握到妳的特徵了。」

「……我根本沒有露出這種臉啦～～」

「有喔。妳從剛才到現在，就一直是這種調調。」

「才不是。我又沒有在生氣……」

「像這種表情，與其去揣摩顯露在外的部分，從內心滿溢出來的情感反而更容易捕捉呢。」

「…………」

「多虧如此，我下筆才這麼輕鬆。今天過來光是有這項成果就值得了……嗯，表情很棒喔，加藤同學？」

「……澤村同學，妳是個滿壞心的女生耶。」

終章之二

「很抱歉在您休息時打擾，這裡是櫃台。」

「啊，你好……」

被床上電話聲叫醒的我一拿起話筒，傳來的是和藹可親的男性嗓音。

「差不多快超過退房的時間了……請問您要延長住宿時間嗎？」

「啊，對不起對不起，我立刻離開！」

從電話旁的時鐘確認，時間是十點十分……

結果在詩羽學姊離開以後，我似乎睡了一段挺熟的回籠覺。而且，時間將近兩個小時。

我連忙放下話筒，撿起脫得滿地都是的衣服。

也不知道我當時到底脫得多隨便，地板上不只有襯衫和牛仔褲，從口袋掉出來的錢包和鑰匙圈也散亂在地。

「奇怪……？」

於是，從中撿起手機時，我發現收到簡訊的燈號正在閃爍。

睡迷糊的我……不對，始終處於恍神狀態的我沒想得太多，連寄件人都沒確認，就直接打開

接收的簡訊……

「呀啊啊啊啊啊啊啊啊啊啊啊啊啊啊啊～～～！！！」

據說在那個瞬間，飯店各層樓都迴響著我的慘叫聲……

共度早晨
NOW♡

後記 ——不起眼近況報告法——

各位好，我是丸戶。

《不起眼女主角培育法》就這樣順利推出第二集了。

這也是託拿起本書的各位之福，真的非常感謝。

那麼，原本窩在成人遊戲業界的我，適逢本次推出輕小說，其實有一項純粹劃分在寫作外的目的。

那就是獲得出版業界的知識。

接觸到光製作遊戲並不會了解的出版業界各項常識和非常識，不僅可以作為創作活動的精神糧食，更能活用於飲酒聚會的話題，滿懷著這般腐敗無比……呃，積極進取的意欲，我才會起意向這個世界叩門。

後來，以結果而言，我也接觸到能派上許多用場，而且有意思的情報和知識，光是如此就讓我由衷認為，能寫輕小說實在太好了。

比如版稅的比例、決定再刷後到書店實際舖貨的天數、銷售排行及實銷數落差的判讀方式，書店間的權力關係，以及諸多資訊……

除此之外，也包括製作流程中，數位化的部分比想像中的還要少，是以紙為中心的業界文化……這狀況在第二集截稿前夕的奮鬥中讓我感到刻骨銘心。真是驚人，原來這麼大量的修正內容也要用手寫改正啊……

呃，總覺得盡談到一些現實的話題……這並非心理作用。不過真的是受益良多，對往後創作活動十分有幫助……應該說，這些經驗在作品裡就已經全方位運用到了。

對了，除此之外，和製作遊戲感覺差別最大的是工作交派方式。

以製作遊戲的情況來說，儘管劇情份量龐大，但由於從最初就看得見結局，感覺像沿著漫長路途，照計畫循序漸進地朝終點前進；不過小說即使單冊份量不多，仍要將內容斷斷續續地接著往後寫，工作也會如陣雨般零星間斷地落在頭上，一開始我實在不習慣那種感受。

即使如此，承蒙各位讀者、編輯、以及其他眾多相關人士鼎力支援，我還是設法掌握到手感了。真的相當感激大家。

第三集多虧各位也已經決定上市了。我很慶幸。咦，發售月份和截稿日都定好了？唔，我會戮力以赴。

另外本作的改編漫畫也決定在三本雜誌上連載了。真是十分光榮的好消息。哦，也會有原創劇情啊？富於變化，感覺真不錯。咦，劇情綱要的截稿日那麼近嗎？唔……呃，不要緊，我會按

期交稿。

而且接續第一集，將會在DRAGON MAGAZINE上刊載本作的特輯。每次每次都受您照顧了。咦，不只會刊登短篇，還要加上劇情提要和介紹？哎……哎呀，能分到這麼大的版面實在是太榮幸了。

咦，所以說下週也要在東京討論事宜？我本身，是名古屋人耶？

找上門的輕小說工作與其形容成陣雨，該不會更像滾雪球那樣吧……？

還來不及思考那些，編輯今天也用心地寄了郵件過來。感謝您來信聯絡。新工作的內容以及指定截稿日當然也不會遺漏。啊，好的，下週我一定會交稿……

好了，接下來稍微改變題旨，談一下這次作品中出現的遊戲企畫書。

呃，這些內容是將我偏好的傳奇系電子小說遊戲隨意湊合後擠出來的，感覺像廢案味道無比濃厚的糟糕企畫，不過這裡要談的並非內容的部分，而是格式。

這次得到允許，在卷末當成參考資料刊載的完全版企畫書，從項目到形式，都和我實際提交給遊戲公司的案子一模一樣。

雖說細部有差別，純〇咖啡廳和藍〇約定和白色〇簿2（註：由作者執筆劇本的遊戲《純愛咖啡廳》、《青空下的約定》以及《WHITE ALBUM 2》）的企畫書幾乎就像那樣（當然，所有角色都要交代清楚，因此份量比這篇多數倍就是了）。

換句話說，只要寫得出那種調調的玩意，碰上比較好心的客戶，就能唬住對方……不是，就能讓對方撥冗聽自己一席話，這我可以保證。

因為這樣，各位若有興趣，要不要試著製作成人遊戲呢？呃，麻煩未滿十八歲的讀者先等滿十八歲再參與。

畢竟成人遊戲的劇本寫手常常會跑掉，工作機會立刻輪得到喔！（禁句）

那麼，最後請容我按例獻上謝詞。

深崎老師，感謝您這次依然提供了賣力十足的插畫。我由衷感到責任的重大。被編輯發火：「不能裸露這麼多！」之餘，同樣身為成人遊戲製作者的我們，今後也繼續加油吧。

萩原先生，感謝您帶我通過出版業界的許多洗禮。多虧如此，我也成了端得上檯面的紙媒體作家……對不起，真的對不起。我不會再給您添那種麻煩了，至少今年以內不會。

然後，沒有在第一集放棄而繼續購讀的各位讀者們……我會照約定追隨大家一輩子，我是個心意沉重的男人。另外，儘管不知道會不會有這樣的人，先買了第二集的各位讀者，添購時請認

明第一集封面的金髮雙馬尾和綠色體育服，麻煩各位了。

那麼，下次在第三集見。

二〇一二年，秋。

丸戸史明

不起眼女主角培育法

參考資料

同人遊戲企畫書（第一版） 2012／07　霞詩子

■標題：由倫理同學為倫理同學量身打造的，富含倫理觀念的超健全美少女遊戲企畫（暫定）

■類型：ＡＤＶ
・定為傳統的指令選擇式冒險遊戲。

■概念：戀愛＆靈魂轉世＆改變過去

・以和女主角藉由劇情事件累積感情的戀愛ＡＶＧ為礎，添加靈魂轉世要素（前世因緣、記憶繼承），將主角和女主角的牽絆描繪得更加深厚。
　→融入以往《〇》、《久〇之絆》等轉世題材的名作要素，同時再添加這項作品的獨自要素。
・此外，劇情的描繪手法，是藉著介入前世記憶來迴避今生悲劇，將無可避免的命運翻盤，令玩家得到宣洩。
　→以《ＹＵ-Ｎ〇》、《命運石之〇》等作品為藍本。
　但並非指含系統介面，僅限於劇情層面。

■舞台：

・某個地方都市。
　離新興住宅區稍遠，留有昔時景觀的城市。
　城市中心有座長長坡道，春天時迷人的櫻花會盛開於道路兩旁。

■系統：

・採用行動選項及地點選項兩種介面。
　以選擇地點來篩選女主角，再利用選擇行動選項來提升女主角好感度的形式。
・另外，分為現代篇和過去篇，現代篇的行動也會對過去篇造成影響。

■角色人數：

　女主角３～４名。
　第一女主角１名，附屬女主角２～３名。

■角色：

●主角（今生）：安藝誠司（16歲）
・轉學生。由於父母調職而搬家。
・領導力強，會帶領眾人的類型。但容易得意忘形。
・略有懷古的毛病，對昭和年代的梗及知識頗為了解。（其實是繼承了父親的記憶）。
・透過和巡璃認識，更久以前（戰爭時）的記憶也會跟著甦醒。

●主角（前世）：丙双真（18歲）
・誠司的前世（曾祖父）。
・和誠司一樣，責任感及領導力強。
不過個性和誠司互為對比，顯得一本正經。
・儘管深愛著妹妹瑠璃，對族人和政府採取的方針仍持懷疑態度。
已冷靜看清日本敗戰的局面，為族人往後的立身之道感到苦惱。

●第一女主角（今生）：叶巡璃（16歲）
・高中二年級學生。和轉學過來的誠司同一個班級。
・誠司搬來鎮上後，在櫻樹坡道上第一個遇見的女生。
・性格屬於較文靜而不起眼的類型，但仔細看是個美少女。
・最初對誠司的追求不那麼感興趣而巧妙推托。
不過會慢慢接觸到他的內心世界，而變成掛懷的對象。

●第一女主角（前世）：丙瑠璃（12歲）
．巡璃的前世（曾祖母）。
．双真的親妹妹。體弱多病、皮膚白皙。身體雖弱，但能力在族人間高居第一。
由於原本就是母系家族，繼承的記憶據說可追溯至平安時代。
．真心愛著哥哥双真，為了他即使捨命也沒有怨尤。

●其餘女主角另行擬稿。

■轉世相關的設定

・嚴格來講並非轉世，而是繼承記憶。

・主角、第一女主角共通的祖先丙氏一族，具備自古相傳的特殊能力。
所謂的能力，就是他們可以繼承祖先近乎所有的記憶。

・在族中的血脈越濃，繼承能力也越強，橫跨長遠世代。
換言之，能力越高（血脈越濃），可保存的記憶就不只父母，而會橫跨祖父母、曾祖父母好幾代的記憶。

・但是繼承只能在同性間進行。男子繼承父親、女子則只能繼承母親的記憶。
因此要繼承好幾代的記憶，就得連續好幾代產下男子（或女子）才行。假如小孩全是女子，父親的記憶在那個時間點就會斷絕。

・由於其族人擁有這種特殊能力，總受到當代政權的保護及利用。
而他們一直以來，都擔負著將種種技術、歷史、文化（不分檯面上下）傳到後世的職責。

・如先前所述，由於血脈越濃、能力越強，族人間一再重演近親通婚，已成為天經地義的事。血脈越純的孩子，越受族長及權貴重視，身分地位也高。

・主角和女主角的前世（主角的曾祖父和女主角的曾祖母）是兄妹，而且已定下互許終身的婚約。那在族人之間是理所當然的事，況且由於他們家系的血脈純度相當濃，期待他們接下族長之職的呼聲也高。

・但是在第二次世界大戰戰敗，不只讓日本，也讓他們一族的命運跟著脫韁了。
當時的政府打算將其一族的存在湮滅，就在終戰同時放火燒了其部落。
然而双真、瑠璃這對兄妹，仍靠著一族的長老們賭命相助，勉強逃離死劫。他們發誓將來要再次相會，而分頭逃逸。

・但結果兩人沒能如願重逢，而是個別和伴侶產下後代。儘管血脈變薄，繼承記憶的能力仍細水長流地延續給子孫。

・由於現在的主角、女主角血脈都已變薄，繼承能力本身也變低，兩人都只繼承了祖父母的些許記憶。但因為兩人的前世能力傑出，加上對悲戀懷有強烈思念，當今生的兩人受彼此吸引以後，就會逐步想起那份記憶。

・劇情到了最後，記憶的繼承能力反而會進化成溯源能力，藉此就可改變過去。

（細節未定，包含是否要安插改變過去的劇情這一點仍需檢討。）

■劇情構成概要

●共通劇情線

・主角誠司由於父母調職，而搬到某個地方都市。
明明是第一次見到那塊土地，他卻莫名感到懷念。

・當他在家附近的櫻樹坡道迷路時，和當地的少女相遇。
誠司不由得感到類似命運性的緣分。

・轉學的誠司在班上和少女重逢。她的名字叫叶巡璃。
但巡璃完全不記得誠司，並未促成命運性的重逢。
誠司反而因此變得固執，靠著天生的厚臉皮對巡璃死纏爛打。
巡璃對他那種態度不顯得生氣及高興，只把他當成普通的朋友對待。
那使得誠司心急，在在勾起他對她的興趣。

・另外，也會有其他女主角登場，展開校園戀愛喜劇。
（關於其餘女主角的劇情將另行擬稿）

・某天，誠司和巡璃偶然在回家時走在一塊。他們經過那條櫻樹坡道。
誠司聊起兩人相識時的事，但巡璃說那是「重逢」。
感到疑惑的誠司認為，那明明是他們初次見面才對。
不過因為巡璃除了那部分以外，態度都和平時相同，
誠司便說服自己，讓自己相信那肯定只是聽錯而已。

・後來在那天離別時，巡璃嘀咕：
『晚安，兄長。』

●巡璃劇情線

・之後過了幾週。誠司依舊對巡璃死纏爛打，巡璃則淡然應付。
不過在旁人看來，只覺得兩個人已經熟得情投意合了。
接著又過了一陣子，兩人便確認彼此的心意，變成情侶。
・然而在同一時間，巡璃的模樣正一點一滴地逐漸改變。
對誠司的異常執著、時而露出無意識的恐懼心、出生前的時代記憶。
彷彿在巡璃心中，還存有她以外的自我……
・而隨著記憶的回溯，巡璃逐漸想起以往的情意和族人間發生的事。
（細節參照「轉世相關的設定」）
有一個令他們滅族的幕後黑手，至今仍存在於這座城市。
為了不讓真相洩漏出去，瑠璃本身被束縛於這座城市，這就是事實。
每當她記起過去的景象或往事，兩人身邊就會開始發生無法理解的事情。
（在各段劇情中安插巡璃或誠司死亡、或者分散兩地的悲傷結局）
・屢次遭遇生命危機，使他們兩人決意為守護彼此而對抗敵人。
巡璃喚醒瑠璃的記憶，究明事件真相。
誠司則干涉双真過去的行動，在過去「創出」新的記憶。
在攸關性命的危機中，誠司從過去的行動獲得新情報（活路或對手的弱點），並且藉此擊退敵人。
・後來危機遠去，兩人在歷經七十年後結為連理。
・昭和二十年，終戰後的双真和瑠璃兩個人走在櫻樹下（世界線脫軌後的回憶）。
『我們以後也要永遠在一起，兄長。』
然後到了現在，則有戰勝敵人的誠司和巡璃走在櫻樹下。
『我們以後也要永遠在一起喔，哥哥。』

■文章容量：

共通路線：２００ＫＢ
個別路線；３００ＫＢ×女主角數
合計：約1.1ＭＢ～1.4ＭＢ

■製作期間：

編寫大綱：１Ｍ
編寫劇情（共通）：１Ｍ
編寫劇情（個別）：１Ｍ×女主角數
合計：約5～6Ｍ

Kadokawa Light Novels

約會大作戰 DATE A LIVE 1~6 待續

Kadokawa Fantastic Novels

作者：橘公司　插畫：つなこ

輕小說史上最快動畫化作品!!
災害源頭之「精靈」，僅有消滅或與其約會一途？

五河士道因高中聯合舉辦的文化祭——天央祭即將揭幕而忙得不可開交，在此時他與第六名偶像精靈美九相遇了。然而擁有天籟美聲的美九卻極度厭惡男性，士道將會使用何種妙計攻陷她，使她迷戀上自己呢？

各 NT$200~220/HK$55~60

台湾角川

Kadokawa Light Novels

喪女會的不當日常 1~2 待續

Kadokawa Fantastic Novels

作者：海冬零兒　插畫：赤坂アカ

化為陸地孤島的校舍裡，
身分不明的殺人魔近在咫尺……

某天遭遇暴風雪而在學校過夜的我們，開始進行試膽活動。有理突然放聲尖叫──這只是慘劇的開端！化為陸地孤島的校舍，身分不明的殺人魔究竟是誰？動機為何？慢著，話說回來，「愛」為什麼會在這裡？無情升級的反日常小說登場！

各 **NT$190/HK$50**

台湾角川

國家圖書館出版品預行編目資料

不起眼女主角培育法 / 丸戸史明作 ; 鄭人彥譯.
-- 初版. -- 臺北市 : 臺灣國際角川, 2013.07-
冊 ;　公分.-- (Kadokawa fantastic novels)

譯自：冴えない彼女の育てかた
ISBN 978-986-325-483-6（第1冊：平裝）
ISBN 978-986-325-583-3（第2冊：平裝）

861.57　　102010271

Kadokawa
Fantastic
Novels

不起眼女主角培育法 2

（原著名：冴えない彼女の育てかた 2）

2013年9月7日 初版第1刷發行
2024年5月27日 初版第18刷發行

作者：丸戶史明
插畫：深崎暮人
譯者：鄭人彥

發行人：台灣角川股份有限公司
總監：呂慧君
總編輯：蔡佩芬、朱哲成
主編：林秀儒
設計指導：陳晞叡
美術設計：吳佳昀
印務：李明修（主任）、張加恩（主任）、張凱棋、潘尚琪

發行所：台灣角川股份有限公司
地址：104台北市中山區松江路223號3樓
電話：(02) 2515-3000
傳真：(02) 2515-0033
網址：www.kadokawa.com.tw
劃撥帳戶：台灣角川股份有限公司
劃撥帳號：19487412
法律顧問：有澤法律事務所
製版：巨茂科技印刷有限公司
ISBN：978-986-325-583-3